KB118211

우린 아무 관계도 아니에요
김상미 시집

문학동네시인선 092 김상미

**우린 아무 관계도 아니에요**

## 시인의 말

모자는 인간을 만든다
검은, 소나기떼
잡히지 않는 나비
그리고 14년 후,
네번째 시집을 묶는다.
오래된 시와 최근의 시
오래된 나와 최근의 나
끝내기 위해서 다시 시작하는 봄처럼
모두 이곳에 모여 있다.
아주 사소하지만
기쁘고, 행복하다.
시와 함께 계속되는 '오, 아름다운 나날들'이
진심으로 화창한 봄날의 외출을 청하고 있다.
고맙다, 정말 고맙다.


2017년 봄날
김상미

# 차례

**오렌지**


시든, 시드는 오렌지를 먹는다
코끝을 찡 울리는 시든, 시드는 향기
그러나 두려워 마라
시든, 시드는 모든 것들이여
시들면서 내뿜는 마지막 사랑이여
컸던 불 끄고 가려는 안간힘이여

삶이란 언제나 아무것도 남지 않게 될 때에도
남아 있는 법

오렌지 향기는 바람에 날리고
나는 내 사랑의 이로
네 속에 남은 한줌의 삶
흔쾌히 베어먹는다

# 철로변 집

기차가 지나가네요, 내 애인은 철로변 집에 살아요, 에드워드 호퍼가 그린 집과 똑같은 집, 그 집에서 살아요, 우리는 기차가 지나갈 때마다 사랑을 나누어요, 기차 바퀴 소리에 놀라 들썩이는 야생 민들레 꽃밭 사이로 날아다니는 자디잔 흰구름은 정말 황홀해요, 나는 황홀한 게 좋아요, 황홀할 땐 어떤 나쁜 생각도 깃들지 못하거든요, 심장이 터질 것 같은 민들레 씨의 아름다움은 내 애인만큼이나 정말 착해요, 매시간 지나가는 기차처럼 우리 삶에는 머묾보다 떠남이 더 많고, 매번 불타는 그 떠남 속에서 나는 늙어가지만, 나는 내 위로 지나가는 기차 소리가 좋아요, 마음이 저리도록 나를 꼭 껴안고 오로지 자신에게만 푹 파묻히게 하는 내 애인처럼, 삶은 격렬하고 또한 한없이 적막하지만, 기차가 지나갈 때마다 인생은 짧아지고 숨막히는 그 사랑 때문에 우리는 서서히 세상에서 멀어져가지만, 매번 다시 오고가는 기차 소리는 정말 황홀해요, 어디에서 와서 어디로 가는지도 모르면서 두 줄로 끝없이 이어진 철로, 내 애인은 철로변 집에 살아요, 내 키보다 큰 야생 민들레꽃들이 서로를 덮쳐 내뿜는 쓰라린 망각 속에 황홀하게 피고 지는,

## 전광석화

어느 날 나는 '공부' 앞에 붙은 '열심히'란 부사를 떼어
내고
학교 외의 삶을 가진 아이들에게로 갔다.

그들은 '공부' 대신 '세상의 얼룩'을 갖고 놀았다.
그들의 가방 속에는 책 대신 어른들에게서 밀수입해온
'생각'들이 가득 들어 있었다.

그들의 목적은 학점 대신 세상의 변화에 매달리는 것이
었다.

나는 내 눈에 비친 그들의 이미지가 너무 좋아
날마다 거울 앞에 서서 그들을 흉내내었다.

거울에 비친 나는 마치 미친 오토바이를 몰고
금방 어디론가로 떠나갈 사람처럼 보였다.

그러나 나는 어디로도 가지 않았으며
아무데도 갈 곳이 없었다.

습관처럼 남몰래 도서관 계단을 오르내리면서도
그들의 '얼룩'이 내 몸에도 묻어나길 기다렸다.

손수 죄짓지 않고도 스스로 받는 벌!
그 지독한 유희에서 깨어나기가 싫었다.


나는 시민 K가 아니라
시인 K

악착같이 '세상의 얼룩'을 빨아먹고 뱉어내고 또 빨아먹는
시인 K

눈물나게 외로운 전광석화였다.

## 시각의 문제


이 거리가 아프다

끼리끼리 놀고 끼리끼리 먹고 끼리끼리 웃어대고 끼리끼리 잠자는
제대로 눈물도 나지 않고 분노도 일어나지 않고 감동도 되지 않는
얇아질 대로 얇아진 뼈들이 줄줄이 줄서기만 하는

뇌세포는 췌장세포를 좋아하지 않고
표피세포는 진피세포를 끊임없이 불신하는데도
아까운 5리터의 피
줄서기에 다 쏟아붓고 있는

미쳐서 환장한 갱스터 한 명 없고
사랑에 실오라기 하나 없이 덤벼드는
눈먼 방탕 하나 없는

가증스런 연명(延命)만이 판을 치는
야비한 이 거리

이 거리가 정말 아프다

노회한 조련사들만 우글우글

빛나는 미래로, 미래로
발기불능 자식들을 품에 안고 가는

기름칠한 넓적다리 같은 이 거리

서로가 서로를 알아보지 못하고
점점 더 모른 체하고
질겅질겅 껌만 씹어대는 세계화를 찬양하며
스스로 죽어가는 어중간한 이들

어떤 게 좋은 삶이냐고 묻는 아이 하나 없이
거대한 세계 속으로 사그라지는 석양
아무리 잘 지내도 보름달은 결코 뜨지 않을
킬킬대는 지옥의 서문 같은 이 거리

날마다 비탄의 발길로 차고 또 차올려도
거짓말같이 다시 제자리로 돌아와 웃고 있는
영원한 일인칭

이 거리가 아프다
정말 아프다

## 때로는

아주 오래된 지도

지구가 둥글다는 걸 몰랐던 시절의 지도

때로는 그런 지도 위에서 살고 싶어질 때가 있다

지구가 끝나는 곳이 두 눈에 보이고

그곳으로 곧장 걷고 또 걸어가기만 하면

그 끝에 가닿을 수 있는

그래서 다시는 처음으로 되돌아갈 수가 없는

뛰어내리기만 하면

몇 시간이고 몇 날이고

하염없이 떨어지다

결국

무(無)가 되는

무한이 되는

때로는 그런 지도 위에서 살고 싶어질 때가 있다

너무나도 간절하게

## 엔젤피시

내 머릿속 수족관에 엔젤피시 한 마리 살고 있어요
엔젤피시는 내 소녀 때 이름

물결치는 분홍 줄무늬가 너무나 예뻐
어느 날 생물 선생님이 한입에 꿀꺽 삼켜버려
죽어버린 소녀

남몰래 울다 미술 시간에 발견한 뭉크의 〈사춘기〉
엔젤피시를 닮은 너무나도 작고 창백한 소녀
나는 얼른 그 소녀를 내 머릿속 수족관에 넣어버렸지요

괜찮아, 괜찮아, 무서워하지 마
이젠 내가 너를 지켜줄게

엔젤피시는 이제 내 머릿속 수족관에 살아요
분홍 줄무늬 지느러미를 팔랑, 팔랑거리며
이 세상에 없는 더 넓고 광활한 내 머릿속 꿈들을 먹고 살
아요

가끔씩 내가 눈을 꼭 감고 입을 꼭 다무는 건
내 머릿속 엔젤피시의 부드러운 애무에
내 온몸이 너무나 나른해졌기 때문
아침 이슬보다 더 영롱한 엔젤피시의 노래에

내 온 마음이 너무나 청명해졌기 때문

그러니 이제는 누구도 내 소녀를 삼키지 말아요
소녀는 소녀끼리 서로서로 아껴주며 어른이 되어야 해요
꿈꾸는 어른

설혹 그것이 돌이킬 수 없는 죄가 된다 해도
힘차게 분홍 줄무늬 지느러미를 팔랑, 팔랑거리며

## 똥파리*

　영화〈똥파리〉를 보았다.〈똥파리〉속에는 '시발놈아'라는 말이 셀 수 없이 나온다. 그리고 그 말은 보통 영화의 '사랑한다'는 말보다 훨씬 급이 높고 비장하다. 지랄 맞게 울리고 끈질기게 피 흘리는 그 영화를 다 보고 나와 아무도 없는 강가에 가 소주 한 병을 마셨다. 그리고 목이 터져라 '시발놈아'를 스무 번쯤 소리쳐 불렀다. 그랬더니 내 가슴 안 피딱지에 옹기종기 앉아 있던 겁 많은 똥파리들이 화들짝 놀라 모두 후드득 강물 위로 떨어졌다. 시발놈들!

* 양익준 감독의 영화.

# 해변의 카프카

불후의 명작을 남기고 싶어 무라카미 하루키는『해변의
카프카』를 썼다. 카프카는 체코어로 까마귀이다. 해변의 까
마귀. 그러나 까마귀는 해변보다 사막에 더 잘 어울린다. 둘
다 모래로 만들어진 곳이다. 젖은 모래와 마른 모래. 한쪽은
태양을 삼키고 한쪽은 태양을 뱉어낸다. 카프카는 타오르는
태양을 뱉어내는 새. 하루키는 그 새의 그림자를 흠모하여
『해변의 카프카』를 썼다. 모래폭풍이 불 때마다 책 속에서
검은 까마귀들이 아프게 울어댔다.『해변의 카프카』는 어딘
지 모르는 곳으로부터 어딘지 모를 곳으로 떠나는 긴 여행
이다. 그리고 그것은 피바람으로 이루어진 성채(城砦)이다.
그 피를 다 쏟아내지 않으면 새날은 결코 밝아오지 않는다.
불후의 명작은 그 너머에 산다. 인간의 비극으로 철저히 변
장한 신(神)들만이 그곳으로 갈 수 있다.

## 고양이와 장미

오늘은 고양이와 놀기 좋은 날.

어제는 하루종일 봄비가 촉촉, 다정다정 내리더니
오늘은 살랑살랑 부는 바람 속에 봄 햇살이 따뜻따뜻.

프란츠 마르크의 화집 속에서 살짝 꺼내온 그림 한 장.
푸른 고양이와 노란 고양이.
오늘은 하루종일 그들과 놀고 싶어.

그들의 도도한 쾌활함 속에 두 눈을 담그고
구름 위를 걷듯 우아하게 가르랑거리며 허리를 쭉 뻗는
관능의 극치와도 같은,
그 앙큼한 독립성을 흉내내보고 싶어.

야옹~ 야옹~

하루종일 그들의 날카롭고 로맨틱한 사랑놀음을 지켜보
고 싶어.

사랑에 빠진, 사랑에 투신한 모든 것들의 사랑스러움.
그 신비한 연금술을 배워보고 싶어.
내 가슴 가득 피어오르는 5월 장미를 모두 그들에게 안겨
주고 싶어.

장미와 고양이!

그 아름다운 야성으로 천천히 걸어들어가
오래오래 나오고 싶지 않아.
5월 장미밭을 통째로 삼키는 황홀한 고양이가 되고 싶어.

## 난생처음 봄

아침에 일어나 창문을 열면
아, 그 앞에 네가 서 있었으면 좋겠어
새벽 편의점에서 사온 일회용 커피를 들고
밤새 외로웠던 내 현관문을 밀고 들어와
내겐 너무 커다래 질질 끌리는 내 얌전한 슬리퍼에
두툼한 네 두 발을 끼우고
이리저리 쿵쿵거리며
마음대로 냉장고 문도 열어보고
뻔뻔하게 속옷 서랍장도 열어보고
벽에 걸린 엄마 사진에 묵례 윙크도 살짝 해주었으면 좋
겠어
그러다 어젯밤 벗어놓은 내 스웨터에 팔도 넣어보고
소파 위에 펼쳐진 내 시집을
콧노래 흥얼거리듯 읽으며
온 집안을 쿵쿵 휘젓고 다녔으면 좋겠어
우리집이 들썩들썩 살아 움직였으면 좋겠어
우리집이 새털처럼 명랑해져 구름 위를 둥둥 떠다녔으면
좋겠어
살아 있는 예쁜 아지랑이들이 온 집안으로 쳐들어와
우리집으로 놀러와요, 우리집으로 놀러와요
기막히게 아롱, 아롱대었으면 좋겠어
평생 잊지 못할 난생처음 봄이 찾아왔으면 좋겠어

## 읽어줘요, 제발

마르크스가 죽은 해 카프카는 태어났지만
카프카가 죽은 해 나는 태어나지 못했어요
입 밖에 내지 못할 어둠 속에 그냥 누워서
입속에서 죽어버린 내 사랑만 탓하고 있었어요

마음 던질 시간도 없이
마음 모을 시간도 없이
날마다 마음에다 벼랑만 쌓았어요
노란 튤립처럼 머리를 꼭 닫고 있었어요

서로 뒤얽힌 운명처럼 뒤얽힌 머리로 뭘 하겠어요?
생에 침을 뱉고 그 속에 꼭꼭 숨어서
금방 구워낸 일곱 색깔 무지개처럼
두 눈 속에 빠뜨린 태양만 쪼아대고 있었어요

아무리 나를 아끼려고 해도
무수히 발길질해대는 내 자궁 안의
불온한 버릇

─계속해서 읽어줘요, 제발

타버린 그대 마음속 지독한 탄내 같은 시집(詩集)!

## 아무르장지도마뱀

나는 한때 사랑에 빠졌지요
녹색 넥타이를 맨 남자
언제나 발코니 끝에 서서
먼산 바라보듯 나를 바라보던 남자
나는 그게 남자들의 본성인 딴생각인 줄도 모르고
내게 없는 큰 장점이라 생각하여
오랫동안 그 모습에 경탄하며 바라보았죠

그러다 아무르장지도마뱀을 발견했죠
녹색 넥타이를 맨 그 남자와 너무나 닮은 도마뱀
침대나 식탁 위에선 분홍 혀를 날름거리며 온갖 아양을
떨다가
궁지에 몰리거나 다급해지면
그 꼬리 잡힐까봐 마구 흔들어대다
급기야는 제 꼬리 댕강 잘라놓고 부리나케 도망치는 남자

나는 한동안 그 남자와 사랑에 빠졌지요
아무르장지도마뱀이 알을 까고 새끼를 어루만질 때 보이는
그 다정함과 늠름함이 너무 사랑스러워
내 발목이 퉁퉁 붓는 줄도 모르고
세상에서 가장 아름다운 노래만 부르는 귀뚜라미들을 잡아
그 남자 앞에 제물로 바쳤지요

그러나 꼬리가 길면 잡히는 법
그 남자가 맨 녹색 넥타이가 분홍 넥타이로 바뀌었을 때
나는 울면서 내가 키우던 도마뱀들의 꼬리를 모두 잘라
뒷산에 내다버렸지요
인간이 파충류와 사랑에 빠지다니!

아무르장지도마뱀 같은 그 남자는
이제 새 꼬리 분홍 넥타이를 매고
마치 자신이 아무르장지도마뱀이 아니라는 듯
온 마을 온 시내를 미끄러지듯 싸돌아다니고 있어요

아무리 잘라내고 또 잘라내도 다시 자라는
얄미운 도마뱀 꼬리 같은 분홍 넥타이를 매고
아주 신나게 아주 의기양양하게!

## 너무 많은
### ―끝말잇기

너무 많은 상점들과 상점들
상점들 안의 너무 많은 상품들
상품들을 고르며 웃고 우는 너무 많은 손들
손들 하나하나가 안간힘으로 움켜쥔 너무 많은 욕망들
욕망들 속에 도사린 너무 많은 함정들
함정들에 빠져 허우적대는 너무 많은 우울들
우울들을 화려하게 장식하며 부드럽게 감싸 안는 너무 많
은 조명등들
조명등들 아래로 순간순간 눈멀어가는 너무 많은 발들
발들과 발들 사이 조금씩 죽어가는 너무 많은 평범한 삶들
삶들과 죽음들을 딛고 나날이 울울창창 성장하는 자본주의
자본주의라는 거대한 상자에 갇혀 겨우 턱걸이하며 한숨
쉬는 너와 나의 빈약한 하루
하루하루를 저당잡히고도 그것만이 전부이고 힘인 너무
많은 가여운 하루살이들
하루살이들 위로 끝없이 이어지는 너무 많은 상품과 상
점들
상점들의 계단을 오르고 오르며 짓밟히는 너무 많은 꿈들
꿈들도 죄가 되는 세상에서 총알처럼 가슴에 날아와 박히
는 너무 많은 절망들
절망들의 표본인 일그러진 성(性) 사이로 능숙하게 가라
앉는 너무 많은 식은 심장들
식은 심장들을 하나하나 모아 만든 최신식 폭격기들

폭격기들 너머 끝없이 포효하며 위협받는 너무 많은 정
신들

정신들을 파먹으며 나날이 거부가 되어가는 자본주의 동
반자들

동반자들이 모여 만든 너무 많은 규격과 규정들

규격과 규정대로 한다면 시인 또한 그들의 너무 많은 노
예들

노예들의 걸작을 하나하나 잡아먹으며 반짝반짝 광내는
너무 많은 모조품들

모조품들의 행렬 따라 끝없이 이어지는 너무 많은 상점
들과 상품들

상품들 중에서도 최상품이 되고 싶어하는 너무 많은 사
람들

사람들이 분명한데도 컨베이어 벨트에 실려 반품 처리되
거나 폐품 처리당해 서서히

서서히 재가 되어가는 너무 많은 너와 나

## 하얀 늑대

늑대 한 마리를 그렸다
크고 무시무시하고 털이 무성한

그러자 스무 마리의 늑대사냥개들이 나타나
둥그렇게 늑대를 둘러쌌다

20대 1의 팽팽한 살기(殺氣)가
먹고 먹히기 직전의 살인적 에너지를 뽑아냈다
누가 먼저랄 것도 없이 일제히 늑대를 향해 돌진하는 사
냥개들
그럼에도 침착할 정도로 도저한 늑대의 자신감!
오른쪽과 왼쪽, 뒤쪽과 앞쪽, 사방팔방에서 튀어오르는
핏빛 외마디 비명소리들!
픽픽 내팽개쳐지는 개, 개, 개들의 시체

20대 1의 피비린내 나는 압도적 승리!
그 앞에서 홀로 포효하는
불굴의 전사

나는 그를 색칠했다
굽힐 줄 모르는 순백의 혈통
작렬하듯 단숨에 내 영혼 휘저어놓고
우아하게 흰 목털을 곤두세우며 웃는

거대한 야성!

이제는 지구 위에서 영원히 사라진
하얀 늑대 한 마리

## 그는 이제 이곳에 오지 않는다

그는 이제 이곳에 오지 않는다. 그는 승진했다. 이곳보다 더 재미있는 곳이 생겼다. 재미는 인간에게 가장 필요하고 절실한 에너지원이다. 재미는 사람을 재빨리, 단시간에 변화시킨다. 그는 이제 이곳에 오지 않는다. 그는 승진했으며, 더 재미있는 곳을 발견했다. 승진과 비(非)승진 사이로 부는 바람은 태풍 전야의 바람만큼이나 세차다. 이제 그 사이에 있던 모든 것들은 뽑혀나가거나 흔적없이 사라질 것이다. 재미를 잃은 것들은 모두 시들시들 먼지로 변할 것이다. 먼지는 내가 입 밖에 내지 못한 나의 비명들이다. 그는 이제 이곳에 오지 않는다. 재미를 잃은 먼지는 비명들은 곧 누군가의 침묵으로 변하고 누군가의 절망이 되어 사라질 것이다. 떠나는 것들은 모두 그렇게 사라진다. 끝도 없이 반복되며 이어지는 저 아리따운 장례 행렬들처럼!

## 기하학적 실수

모든 사랑의 체위는 인간이 지닌 가장 고귀한 감각이다.
그걸 알면서도
사랑을 나눌 때
나는 한 번도 내가 좋아하는 체위를 요구하지 않았다.
말없이 상대가 원하는 대로 따라가기만 했다.

그게 내 사랑의 비극이고
내 사랑이 실패한 이유였다.

아무것도 원하지 않고
어떤 체위도 요구하지 않았다는 것.
늘 꿈꾸어왔던 나만의 체위는
내 마음속 깊이깊이에만 간직해두고
척추를 타고 흐르는 파르르한 사랑의 경련에만
전율했다는 것.

모든 물이 다 증발하고 난 뒤에 남는 소금처럼
사랑의 체위야말로 그 사람의 유일한 진실임을
모른 체하고 모른 체했다는 것.

## 폭풍 속으로
—1970년대풍으로

이제 다른 사람들의 이야기는 넌덜머리가 난다
우리는 우리끼리 만났다
우리끼리 떼 지어 다녔다
핑크 플로이드를 듣고 재니스 조플린을 듣고
지미 헨드릭스, 롤링 스톤스를 따라 불렀다
까마귀떼처럼 백로가 노는 곳엔 얼씬도 하지 않았다
우리는 모두가 슬픈 뮤지션들
온몸이 서러움으로 만들어진 사람들
어느 곳을 건드려도 툭, 하고 푸른 눈물이 튀어나왔다
우리는 노래 가사와 똑같은 꺾인 길, 굽어진 길, 막다른
길들을 돌아다녔다
돌부리에 걸려 넘어질 때마다 무릎에 붉은 상처가 생겼다
오오, 붉은 상처는 훈장 같아!
우리는 서로의 무릎에 난 상처를 따뜻한 혀로 핥았다
그러나 우리는 너무나 소박하고 소박한 청춘
그 누구의 관심도 끌지 못했다
소박함이야말로 우아함의 선물이라는 진실 앞에서도
우리는 그것을 누구에게, 어떻게, 얼마만큼 나누어줘야
할지 몰라
광란의 속도로 달리는 도심의 한가운데에서
느릿느릿 에릭 사티를 듣고
조용필의 〈킬리만자로의 표범〉을 소리쳐 불렀다
새파랗게 젊은 정의는 한낱 꿈!

그 누구도 우리에게 다가와 구애의 손길을 내밀지 않았다
민음, 소망, 사랑 중 제일은 사랑이라고 아무리 목 갈기
를 휘날려도
그중 가장 으뜸은 돈이라고, 돈다발이라고
우리는 다시 굽은 길, 꺾인 길, 막다른 길로 내몰렸다
그러나 침묵하는 자가 있으면 노래하는 자도 있는 법
우리는 온몸으로 노래하며 더 멀리, 더 먼 곳으로 나아
갔다
자유의 속옷을 열어젖힌들 무엇하랴?
이마에 찍힌 청춘의 이름표를 도려낸들 무엇하랴?
우리는 누구와도 우리들의 삶 흥정하지 않았다
우리는 우리끼리 떼 지어 놀았다
비 오고 바람 불고 폭풍우 치는 이런 시대,
너무 멀리 나간다는 건 미친 짓이지만
우리는 노란 해바라기, 불타는 태양
달리는 기차처럼 변화를 향해 나아갔다
심장을 찌르는 노래,
그 노래를 움직일 거대한 폭풍 속으로!

## 자라지 않는 나무

우리는 너무 우울해 먹은 것을 토하고 토하고
우리는 너무 외로워 귀를 막고 노래를 부르고 부르고

그래봤자 우리는 모두 슬픈 뱀에게 물린 존재
상처가 깊을수록 독은 더 빨리 퍼져

우리는 키스를 하면서도 썩어가고 썩어가고
우리는 사랑을 나누면서도 썩어가고 썩어가고

그래봤자 우리가 소유하는 건 날마다 피로 쓰는 일기 한
페이지
나부끼고 나부끼고 나부끼다 주저앉는 바람 한 점

그래도 우리는 문을 열고 밖으로 밖으로
가급적이면 더 치명적인 비극, 희망을 향해 바퀴를 굴리
고 굴리고

그러다 만병통치 알약처럼 서로를 삼키고
사막같이 바싹 마른 가슴에 불치의 기우제를 올리는

우리는 수많은 이름들을 발가벗겨 구름 속에 처박고
어쩔 줄 몰라 밤에게 된통 걸려버린 나무 그림자

밤새도록 춤, 춤만 추는 자라지 않는 나무　　　　—

## 살아 있는 집

나는 아주 낡고 허름하고 오래된 집에 산다
고장난 수도꼭지를 갈면 배수구가 막히고
배수구를 고치면 변기가 막히고
변기를 뚫으면 2층 베란다에 고인 물이 천장으로 스며든다
방안 가득 쌓인 책은 버려도 버려도 다시 쌓이고
창틀에 낀 먼지는 울부짖는 침묵처럼 나를 압도하며 비
웃는다
그러나 청춘이 훨씬 지난 나는 깔끔보다 허름에 더 익숙
해져
이제는 막히고 부서지고 무너지는 것들에 눈 하나 끔쩍
하지 않는다
무섭지가 않다
가진 게 없는 자의 배짱과 오기로
미래의 배고픔을 미리 배고파 하고
미래의 허름함을 미리 경험하는 것뿐
절망도 익을 대로 익으면 뜨거운 김이 올라오고
어떤 이에게는 훌륭한 음식이 되는 법이다
그렇게 그대와 함께 즐겨 듣던 음악도 축배도 열정도
이제는 가장 허름한 벽지에 다급하게 적어놓은 누군가의
저 전화번호처럼
호소력 잃고 호기심 잃은 우울한 노파로 변해가고 있다
그러나 상심 마라
어떻게 생각하느냐가 어떻게 보느냐를 결정하듯이

그때의 향기와 정념과 목소리는 이 집에 다 묻어 있다 ㅡ
  깨끗이 쓸자마자 다시 낙엽이 떨어져 쌓이는 저 가을날
의 길처럼
  누구에게도 매수당하지 않아 생생히 살아 있는
  아주 낡고 허름하고 오래된 이 집에!

## 보헤미안 광장에서

갑자기 내리는 비
그 비를 피하기 위해
여기저기서 펼쳐지는 우산들

그러나 우산은 지붕이 아니다
아내 있는 남자가 남편 있는 여자가
몰래 잠깐 피우는 바람 같은 것이다

갑자기 내린 비가 멎으면
아무런 소용이 없는

그러니 사랑을 하려거든
진짜 돌이킬 수 없는 사랑을 하려거든
한 지붕 아래에서 하라

갑자기 내린 비는 금방 지나가고
젖은 우산에 묻은 빗방울들은
우산을 접는 순간 다 말라버린다

# 제비꽃

너는 여자, 이미 익사한 땅속에서도 깨어나 죽음 앞에 사다리를 던져 한 발 한 발 기어오르는 여자, 허황된 남자의 부푼 가슴에 완곡한 경멸의 손톱자국 지그재그로 남기고 가장 긴 밤을 나비처럼 날아다니는 여자, 날아다니면서 조금씩 망가지고 잊히는 이름들 꽃가루 묻은 나비 입술에 깊게 입맞춤 하는 여자, 세월 때문에 사람들 때문에 찢겨진 미니스커트를 아직도 좋아하고 라퐁텐 우화집에서 우글거리는 검은 쥐 흰쥐들을 세상 속으로 모두 풀어내주는 여자, 어제 쓴 거짓말투성이 시집을 사랑하듯 하정우, 송강호가 나오는 영화는 무조건 보는 여자, 소박한 채소가게 앞에서는 두 발을 멈추고 상큼한 방울토마토는 두말 않고 주워먹는 여자, 햇볕 창창한 날이면 우산을 접고 그동안 일용했던 고독을 모두 모아 하느님 주식 펀드에 몽땅 투자하는 여자, 호랑이 새끼든 뱀 새끼든 여우 새끼든 사랑으로 모두 거두어 깊은 땅속에서 살아 나오는 법을 전수해주는 여자, 어떻게 해야 끝이고 시작인지를 너무 잘 알아 언제나 일기 끝에 최후의 웃음을 찍어놓는 여자, 황홀한 봄날, 갓 핀 꽃들을 모두 빼앗기고도 치마 속에 남은 아주 작은 봄볕으로도 새봄을 만들어내는 여자, 언제나 사람들이 가득찬 트렁크를 들고 붉게 물든 저녁 속으로 사라지는 여자, 더 멀리, 아주 멀리, 더 먼 곳으로 매일매일 떠나는 여자, 떠나서는 다시 환한 봄날처럼 돌아오는 여자, 우리집 꽃밭에서 가장 작고 가장 예쁜 여자

## 세설원에서

  방향도 방향감각도 없이 비가 내린다 내 눈 속에 내 머릿속에 내 가슴속에 산이 젖고 들판이 젖고 마을이 젖고 오늘이 젖는다 이별의 말 한마디 없이 떠나버린 어제는 오늘 갑자기 이렇게 멋진 비가 내릴 줄 알았을까? 9월의 어느 날, 하염없이 내리는 빗속에는 예술도 역사도 사랑도 새로움도 없다 덧없음, 덧없음만이 광활하게 아주 잘 표현된 문장들만이 주룩주룩 대기를 적시고 있다 아낌없이 멋지게 나를 씻어내고 있다

# 어느 아이의 일기

하느님, 저는 착한 사람이 되고 싶지 않아요. 착한 사람이 안 되어도 좋으니 엄마 아빠랑 매일매일 활짝 웃으며 살게 해주세요. 아빠는 회사 일로 매일 늦게 들어오고 엄마는 아빠를 돕는다며 식당에서 아르바이트를 해요. 식당 일이 너무 늦게 끝나 엄마 아빠 보기가 아주 힘들어요. 엄마는 우리 위해 저녁마다 피자나 치킨, 자장면을 시켜주지만(처음엔 그게 참 좋았어요), 이제는 엄마가 해주는 밥이 먹고 싶어요. 내일이 제 생일인데 엄마가 해주는 미역국을 먹을 수 있을까요? 조를 살짝 넣은 팥밥에 미역국이 너무너무 먹고 싶어요. 이제는 어떤 예쁜 케이크를 보아도 먹고 싶지가 않아요. 보기도 싫어요. 아침엔 토스트, 점심엔 급식, 저녁엔 피자나 치킨, 자장면…… 그런 것 말고 엄마가 해주는 따뜻한 밥이 먹고 싶어요. 엄마 아빠랑 함께 식탁에 앉아 오순도순 웃으며 먹는 그런 밥이 먹고 싶어요. 하느님, 착하고 훌륭한 사람이 못 되어도 좋으니 엄마 아빠랑 행복하게 사는 그런 사람이 되게 해주세요!

## 벌거벗은 도시

나는 벌거벗은 도시에 산다
잠들 때도 혼자
깨어날 때도 혼자다

나는 혼자서 오리엔테이션을 하고
오리엔테이션을 받는다

혼자를 둘로 쪼개고
둘을 넷으로 쪼개고
넷을 여덟으로 쪼개고……

그런 노래를 작곡하고
그런 노래를 부른다

누군가가 죽고, 또 누군가가 죽고, 또 누군가가 죽어나가
는……
이 도시가 너무나 슬프고 아파

나는 혼자서 집을 짓고
운하를 만들고 교회를 세우고
마구간을 짓고 식품점을 연다

그러곤 내가 아는 이름들을 그곳에다 붙인다

이름을 하나하나 부를 때마다
그곳에선 불이 켜지고
달빛보다 환한 불이 켜지고

혼자가 둘로 쪼개지고
둘이 넷으로 쪼개지고
넷이 여덟으로 쪼개지고……

내 안으로 모여들어 쌓이는
무수한 모래알들

나는 그 모래알들을 모아
다시 집을 짓고
운하를 만들고 교회를 세우고
마구간을 짓고 식품점을 연다

결코 끝난 적 없는, 끝이 없는
그런 도시를

혼자서 지어내고
혼자서 듣고
혼자서 노래 부른다

## 천적

세상에 좋은 아버지란 없다고,
결혼을 앞둔 딸을 수시로 성폭행한 아버지가 말했습니다.
나는 기독교인이라 차마 자살할 수가 없어서,
어린 두 아이를 한강에 던져버린 아버지가 말했습니다.
나 살기도 힘든데 자식은 무슨 자식,
달리는 트럭 밑으로 아이를 밀어넣은 아버지가 말했습니다.
내 자식 내 마음대로 하는데, 무슨 말들이 그리 많아······,
어린 세 딸을 사창가에 팔아넘긴 아버지가 말했습니다.
잘난 자식 덕에 나도 한번······,
청렴한 자식 몰래 뇌물을 받아 챙긴 아버지가 말했습니다.
죽고 못 사는 여자가 내 자식들을 도저히 못 키우겠다고
하니······,
남매를 벽장에 가두어 굶겨 죽인 아버지가 말했습니다.
나 자신이 너무너무 싫어······,
갓 태어난 아이로······ 국을 끓여 먹은 아버지가 말했습
니다.

································

놀랍게도 그들은 모두 최신 뉴스와 B급 영화의 주인공들
입니다.
어떤 흉측한 짐승들도 감히 하지 못한 짓들을
푸른 풀밭 속 새카맣게 썩은 웅덩이 안에 숨어
아버지라는 이름으로 신을 얕보고, 인간을 얕보고, 이 세

046

상을 얕보며
  우리들의 가장 강한 천적이 되어
  이 순간에도 자신들의 또다른 분신들을 마구마구
  찍어내고 있습니다.

  여전히 히죽히죽 웃으며……

## 죽지 않는 책

이따금 사람들은 책 밑에서 토론을 한다. 나무 그늘 밑에서 토론을 하듯.
그럴 때 책 속의 언어들은 바람처럼 우리들 내부로 시원하게 불어오기도 하고
태풍처럼 비바람을 몰고 오기도 한다.

대부분의 삶이 책 속에서 이뤄지는 사람들은 제 자신을 얘기하듯 책을 읽고
읽은 책들로 은밀히 자신만의 정원을 꾸민다.

이따금 나는 그들의 정원에 초대되어
햇빛이 아닌 다른 빛에 열광하는 꽃과 나무들 사이로
어렴풋이 보이는 그들만의 비탄을 탐색한다.

아직도 그들 속에 숨쉬는 자연의 일부인 그들을 훔쳐본다.

그들에게 책은 큰 평화이기도 하고 가장 큰 불안이기도 하고
끝끝내 이기고 싶은 적(敵)이기도 하지만
책 읽기란 맨얼굴로 산소를 들이마실 때처럼 자연스러워야 하는 법.

운명을 섭듯이 책들을 섭으며 자꾸만 작아지는 사람들.

그들의 타는 입술은 무덤 같아
혀 밑에 파묻힌 죽은 자들의 얼굴이 보이는 듯하지만
책에 대한 경의는 책에 빠진 그 사람만의 행복.

때로는 행복한 책 한 권 때문에
임종을 앞둔 수술대 위에서도 죽지 않는 책을 꿈꾸고 공
유하고 싶은 법.

내 속에도 그런 책들이 있다.
부싯돌처럼 서로를 비비며 불꽃을 만들어내는 책.
페이지를 넘길 때마다 이 방 저 방에서 불이 켜지는 책.
그들에게도 있고 내게도 있는 책.
죽지 않기 위해 자꾸만 창백해지는 새하얀 책!

## 내 안의 오필리아

운향꽃을 입에 물고 강으로 뛰어드는 오필리아
운향꽃은 임신 중절용이라는데

태어나도 활짝 피지 못할 사랑을 품에 안고
내 안의 오필리아, 너는 어디로 가니?

죽어가는 두개골 속 꼬인 내장과 순진한 뼛속에 존재하
는 어둠
그 어둠 하나하나가 네가 두고 간 식탁 위에 꽂힌 로즈메
리를
더욱 슬프게 하는데

(이젠 제발 나를 잊어줘요
우린 처음부터 단추를 잘못 끼웠어요
한번 잘못 끼운 단추는 뒤바뀐 운명과 상관없이 다시 끼
워야 해요)

그러나 다시 끼운 단추는 그만큼 이미 서로를 낭비한 시간
어느새 노을이 어둠을 부르는 시간

(그러니 이제는 제발 나를 잊어줘요
밝고 온순했던 내 비둘기들을 모두 다 날려보내줘요

세상에서 가장 서글픈 남자는
임신한 여자를 강물에 뛰어들게 하는 남자)

하루종일 제 이야기로만 엮은 사랑의 화환을 짓이기며
오필리아, 너는 차디찬 회한보다 더 창백한 시간을
베어 넘어진 나무처럼 모두 강물에 띄워보내네

무성한 소문에 입맞춤하고도 끼리끼리 모여 있는 이들에게
새하얀 목을 드러낸 채
그 부끄러운 핏빛 산고를 혼자 치르며

죽어서도 활짝 피지 못할 사랑을 품에 안고
아름다운 오필리아, 너는 어디로 가니?

(누가 그녀를 좀 말려줘요
내 안에서 울고 있는 오필리아
그녀에게 누가 내 삶을 좀 나눠줘요

그녀가 얼굴을 파묻은 강물에서 일어나
나와 함께 동쪽으로 동쪽으로 새로운 집을 찾아갈 수 있
도록

누가 그녀에게 내 삶을 좀 나눠줘요

죽은 고기를 먹고 사는 새카만 새들이 강둑을 넘기 전에
내 안의 오필리아, 착하디 착한 그녀에게!)

# 중독된 사람들

　나는 내 몸에 쌓이는 니코틴이 좋고 타르가 좋고 카페인이 좋다 날마다 마지막 담배를 피우는 것으로 인생을 흘려보낸 제노 코시니가 좋고 담배와 섹스 중 하나를 택하라는 말에 담배를 택한 루이스 브뉘엘이 좋고 죽는 순간까지 시가를 끊지 못했던 프로이트가 좋고 담배를 끊지 않으면 다리를 절단해야 한다는 의사의 말에도 아랑곳없이 담배를 계속 피운 사르트르가 좋고 니코틴 때문에 손톱이 딱딱한 나무껍질처럼 변한 자코메티가 좋고 세비야의 담배 공장에서 여공으로 일했던 비제의 카르멘이 좋고 로마의 한 호텔방에서 자기 자신을 최후의 담뱃불로 불태운 잉게보르크 바흐만이 좋다 담배 한 개비를 피울 때마다 2리터의 독극물이 제 몸에 쌓이는 것을 마다하지 않았던 사람들 나는 그들이 좋다 그 습관과 그 독으로부터 비겁하게 도망치지 않았던 중독된 사람들 그들의 그 사랑스런 검은 폐가 좋다 담배와 아무 상관없이도 하루에 1분 1초도 출산 없이 지나가는 날 없고 죽음 없이 지나가는 날 없다 담배가 무서운 사람은 담배를 피우지 않으면 된다 도처에 무수히 깔린 금연 서적에 눈길 한번 주지 않고 일생 동안 담배맛을 즐겼던 쉼보르스카의 시집 앞에서 오늘의 다섯번째 담배에 불을 붙이는 숙녀! 오늘은 저 숙녀와 함께 「첫눈에 반한 사랑」*을 읽어야겠다 에쎄 스페셜 골드를 맛있게 나누어 피우며

　* 쉼보르스카의 시 제목.

## 노랑나비 한 마리

나를 사지(死地)로 몰아붙인 누군가가 말했다
지다워지고 싶어 그랬다고
그럼 여태껏 내게 보여준 건 지가 아니고 다른 사람이었나
아님 또다른 사람이 되겠다는 건가
도저히 알 수 없는 개개인의 속마음들
이제는 더이상 고슴도치 같은 그 패러디에 속지 말자 흔
들리지 말자
본래 그 사람을 잘 안다고 생각했던 것보다
전혀 모르고 있었던 게 더 슬픈 법이고
눈을 감고 싸워도 눈을 뜨고 싸워도
어차피 모든 싸움의 결과는 다 똑같아지는 법
이제는 작고 사소한 오해도 황당한 뒤집기 게임도
내 취향과는 먼 구경거리
내일은 이래저래 얼룩으로 범벅된 내 셔츠나 햇볕에 말려
멋지게 다림질이나 해두자
내 방에 가득찬 얼굴들만 해도 음산한 협곡 같은데
지다워지고 싶어 그랬다니
지들이 무슨 요술 기념 동전인 줄 아나 뒤집으면 감쪽같
이 달라지는
사람은 절대 변하지 않는다는 걸 독일에서도 느꼈고 스페
인, 파리, 몽골에서도 느꼈고
저 먼 라스코 동굴벽화에 그려진 인간에게서도 느꼈는데
결국은 겁이 나 지 자신에게서 한 발자국도 움직이지 못

할 거면서
  지다워지고 싶어 그랬다니
  무덤 속 소크라테스가 깜짝 놀라 벌떡 일어나겠다


  늙은 은행나무 가로수길을 걸어 집으로 돌아오면서
  그럼 그동안 나답게만 살아온 나는 무언가
  나도 나를 수정해야 하나
  끝없는 수정 또한 끝없는 인생의 낭비일 터
  무엇하러 그런 마조히즘적 헛고생을
  가만히 있어도 하루에 수십 개의 머리카락들이 빠져나가
는데
  차라리 그 시간에 아무리 나를 부식시켜도 기분 좋은 바
닷가나 산책하자
  어차피 나는 누구의 구미에도 맞지 않고 맞추지도 못하는
  길 잃은 이 시대의 슬픈 문학적 나비떼 중의 한 마리 나비
  모두가 나를 힘껏 사지로 몰아대고 몰아붙여도
  언제나 나를 기다려줄 어여쁜 장미 가시에게
  세상에서 가장 달콤한 입맞춤은 해주고 날아가야지
  오랜만에 세계의 뒤뜰에서 훨훨 날아오르는 저 자유로운
  노랑나비 한 마리처럼!

## 명랑 백서

아주 가끔은 우울하고 대부분은 명랑해요
사람들은 내가 명랑한 걸 좋아하지 않아요
명랑은 우울보다 격조가 더 떨어진다고 생각하거든요
하지만 나는 명랑한 게 좋아요 명랑하고 싶어요
무엇에든 광적으로 집착하는 체질이 못 되거든요
광적인 집착은 병적인 우울을 낳지요
언제나 노심초사 전전긍긍
어디에서 불행이 오는지 어디로 행복이 달아나는지
쉴새없이 탐색하고 추적해야 하거든요
그러다보면 점점 명랑에서 멀어져 우울한 괴물로 변해버
리죠
정말이지 나는 그런 거 하나도 궁금하지 않아요
어릴 때부터 단것보다 쓴 것을 더 좋아한 탓인지
여하한 고통 위에 또 고통을 세워 그 안에 아무리 사나운
북쪽 창을 달아놓아도
내 열병은 시들 새도 없이 하루 만에 거뜬히 끝나버려요
쓸데없이 진지하고 쓸데없이 합리적이고 쓸데없이 현실
적인
값비싼 망원경 따위는 집착 강한 우울한 사람들에게나 모
두 줘버려요
나는 그냥 바람 부는 길가에 앉아 무언가가 다가오기를
기다릴래요
무언가가 다가와 황홀하게 나를 감동시켜주길 원할래요

로댕의 대성당처럼 가우디의 카사 밀라처럼 언제든지 떠
나고 싶은 지중해처럼

지로나의 내밀한 구시가지처럼 고야의 검은 집처럼 김정
희의 아름다운 세한도처럼

이제 막 걸음마를 시작한, 뒤뚱뒤뚱 해맑은 어린아이의
단순 명쾌한 웃음소리처럼

오성의 드높은 담장 단번에 밀치고 들어오는 놀라운 명
랑에

자연스레 내 온몸 빠져들기를 원해요

아주아주 오래된, 처음과 끝 같기를 원해요

너도나도 창백한 백합꽃 같은 우울에 매달려

격조 있던 본래의 심연 구기고 구겨 뒤틀린 철갑 같은

고상 찬란한 신종 우울증

끊임없이 생산해내며 자랑스레 뻐기든 말든

나는 명랑한 게 좋아요 언제나 명랑하고 싶어요

## 왕오색나비 효과

왕오색나비가 날아간다. 왕오색나비는 네발나빗과 중에
서 가장 큰 나비다. 하늘나라에서 내려온 눈부신 꽃잎처럼
그 큰 오색 무늬 날개가 햇빛을 받아 팔랑, 팔랑일 때면 온
몸에 황홀, 황홀 전율이 인다. 고도의 바람결과 은밀한 정
사를 나누는 것 같다. 내 사랑도 그랬으면 좋겠다. 왕오색나
비의 저 찬란한 날갯짓처럼 모든 도시와 초원을 가로지르고
깊은 바다를 건너 지구의 다른 쪽 끝에 있는 한 남자의 마음
에 돌이킬 수 없는 폭풍을 일으켰으면 좋겠다. 눈꺼풀에서
뼛속까지 멋지게 타들어가는!

# 비열한 거리

비열한, 아주 비열한 거리에서 나는 살지요. 비열한 속어 장엄하게 난무하고, 곳곳에 편재해 있는 고도 무섭게 마음 휘젓는, 비열한 클랙슨 소리와 비열하게 쌓아올린 욕망의 틈새로 너울너울 춤추는 소비 지향적인 비열한 간판들. 이곳에선 이런 걸 먹어대야 한다며 부추기는 비열한 텔레비전 광고, 비열하게 거짓말을 밥먹듯 해대 자신의 말이 거짓인지 참말인지도 분간 못하는 비열한 신사 숙녀분들. 그들의 목으로 넘어가는 비열한 식수, 새벽 2시든 3시든 상관없이 비열한 휴대전화에 자신의 숨막히는 교성 찍어대는 비열한 여자의 더러운 성욕, 그러고도 비열하게 새침한 얼굴로 우린 아무 관계도 아니에요, 비열한 음부만 살짝 가린, 정의도 양심도 예의도 없는 비열한 무공해 식품가게 앞에 파렴치하게 줄 서 있는 비열한 욕정들. 그런 곳에서 날마다 비열한 담배에 불붙이며, 무서운 속도로 타락해가는 비열한 꽃잎으로 눈과 마음 비열하게 물들이며 살고 있지요. 그런 내게 계속해서 속삭이는 자크 데리다. ─비열하게·이 '도시에서 살아남기' 위해선 누가 나타나든, 무엇이 나타나든, 어떤 결정이나 기대, 식별도 하기 전에, 그것이 외국인이든, 이민자든, 초대받은 손님이든 혹은 예상치 못한 방문객이든 아니든, 새로 도착한 사람이든 다른 나라의 시민이든, 인간이든 동물이든, 싱스턴 괴소불이든 살아 있거나 죽은 존재이든, 남성이든 여성이든 누구에게나 '예스'라고 말해줘야 한다─고, 머리에 쥐 나도록 비열하게, 아주 비열하게!

## 파리의 자살 가게*

죽고 싶은데 파리까지 가야 하나요?
이곳엔 왜 자살 가게가 하나도 없나요?
죽지 못해 산다는 건 너무 가혹해요
성미 급한 사람들은 오래전에 벌써 다 죽었는데
찬송가 493장을 펼치고도 하늘 가는 밝은 길이 보이지 않아
비탄의 금잔화 한 다발을 사들고 오늘도 꾸역꾸역 집으로
돌아오는 사람들
그들에게 파리행 티켓은 너무 비싸고 아득해요
죽음이 간절해질수록 삶은 더욱 쓸쓸해지고
죽음의 형식 또한 마지막 잎새처럼 갈수록 초라해져요
이곳에도 자살 가게를 만들어줘요
얼음장처럼 차가워진 내 가슴이 울고 있어요
죽음의 공포보다 더 무서운 건 마지못해 산다는 것
삶이라 불리는 그 수수께끼를 일찌감치 푼 사람들도
피가 나도록 죽음과 사투를 벌이다
이 지상에 무덤 하나 달랑 남겨놓고 떠나버렸는데
이 세상과 멀어질 대로 멀어진 내 삶을 안고
정말 파리까지 가야 하나요?
요나처럼 고래 뱃속에라도 들어가고 싶어요
그러면 혹 살고 싶어 발버둥이라도 쳐보지 않을까요?
파리행 티켓을 구하지 못해 죽지도 못하는 죽음 앞에
삶이란 얼마나 잔인한 은총인가요?
매일매일 알프스 산맥을 넘는 꿈을 꾸다보면

언젠가는 나도 파리에 도착하게 되겠지요

신나게 파리의 자살 가게 문을 두드리며

누구보다도 빠르게, 누구보다도 깨끗하게, 누구보다도 절
망적으로

마침내, 드디어 죽게 되겠지요

우리 할머니 우리 엄마 우리 언니들처럼

오, 아름다운 나날들의 눈을 기쁘게 감길 수 있겠지요

활짝 핀 동백꽃이 새빨갛게 황혼을 물들이며 뚝뚝 떨어
지듯이

* 파트리스 르콩트 감독의 애니메이션 영화 제목.

## 글루미 선데이 아이스크림

너도 읽어보았니?
일요일에도 일을 해야 먹고사는 우리와는
차원이 아주 다른 시집들.

그럴듯한 밑그림
그럴듯한 환상
그럴듯한 멜랑콜리아
그럴듯한 충돌
그럴듯한 기교, 이미지들로 가득차 있는.

페이지를 넘길 때마다 살찐 애벌레들이 우글우글
누구보다도 먼저 활짝 날아오르는 나비가 되기 위해
신이 주신 휴일, 일요일을 제 것처럼 만끽하며 즐기고 있는.

썩은 이 비뚤어진 이 빠진 이 하나 없이
만장일치로 손뼉 쳐 획득한 확실한 인생
참으로 젊고 힘찬 욕망의 근육질로 꽉 균형 잡힌.

매일매일 무엇을 사각사각 달콤하게 씹고 살았는지
어느 페이지에도 우리처럼 울고 웃는 불운한 창문 하나
없이
너무나도 세련되고 티 나게 아름다운 시집, 시집들.

너도 읽어보았니?

그들은 내일을 먹어.

우리가 매일 꿈꾸는 그런 내일이 아니라 훨씬 밝고 비싼 내일.

우리는 감히 상상도 못할 최고급 위장과 최고급 심장을 줄줄이 단.


분명 그들은 참 오래오래 살 거야.

구멍난 값싼 호주머니 가득

비 내리고 바람 불고 눈보라 치는 일요일을 잔뜩 구겨넣고

착취당한 죽은 고기만 먹고사는 우리와는 질적으로 달라.


일요일에도 거품 가득한 옐로카드에 주눅든 채

그들의 달콤하고 잔인한 침샘에 죽어라 글루미 선데이 아이스크림이나 되어 녹아내리다

멍하니 타인이 되어가는 자신을 볼품없이 바라보는,

바라보고만 있는 우리와는 전적으로 다른.


언제나 하늘이 있고 석양이 있고 구름이 있고 별이 있는 그런 시집들.

## 검은 숲

내 생의 모든 것들 네가 다 가지렴

그 뒷면 어디쯤, 혼자서도 노랗게 피어나는 민들레꽃,

그 악착같은 아이덴티티도 모두 네가 가지렴

나는 내 안에서 뭉게뭉게 피어나는 멋진 구름 아래

의자 하나 갖다놓고

깊은 심심함에 아비 없이 장기 여행 떠나는 아이처럼

세상의 모든 길들 혼자 익히고 혼자 버릴게

사람들은 손을 타면 탈수록 공중에 매달린 장미 가시 같

아지고

발걸음은 더욱 무거워져 하루종일 폭풍 주의보에 시달린

다지

그 피할 수 없는 욕망의 고달픔도 모두 네가 가지렴

어느 날 갑자기 체포되어 개처럼 칼에 찔려 죽은 요제프

K*도

매일매일 안개 낀 생의 뒷면 닦고 또 닦으려다

절망 위에 쏟아진 정체 모를 기의와 기표에 눌려 압사당

한 거라지

그 아픈 표지도 모두 네가 가지렴

쉬지 않고 내용에 도전하고 형식을 갈아끼워도

의도적으로 헹갈이당해야 하는 사람들로 넘쳐나는 이 축

복받은 거리도

모두 네가 가지렴

습관적으로 피 묻혀 보여주는 왜소한 감상 저장고,

그 불결한 발작성 무의식의 권태도 모두 다 네가 가지렴  ―
나는 내 안에서 뭉게뭉게 피어나는 멋진 구름 아래
의자 하나 갖다놓고
비상하는 힘찬 해만 모으며 사는 황홀한 새들만 골라 잡
아먹는
검은 숲이나 그릴게
아주 새카맣고 아주 구슬프게
어떤 용서도 없이
내 사랑!

* 카프카의 소설 『소송』의 주인공.

## 석양의 얼음공주

　　나는 그가 좋아 세상 물정에 어둡고 오만하고 잘난 체하는 나를 한 마리 새하얀 양으로 그려주는 그가 나는 좋아 가시 많은 장미꽃보다 헐벗은 카우보이 같은 잭 런던의 강철 군화를 벽에 걸어주고 아양 떨고 매달리고 침 흘리는 개새끼들을 저멀리로 차버리는 그가 나는 좋아 호시탐탐 그의 하나밖에 없는 애인이 되고 싶어 불타는 권총 한 자루와 날렵한 잭나이프를 가슴에 숨기고 보이는 대로 그의 여자들에게 뜨거운 피맛을 보여주는 나를 향해 던지는 그의 야릇한 천만 불짜리 윙크가 나는 좋아 그는 세기의 소매치기 집단 페이건보다 더 빠르게 내 마음을 훔치고 카사노바보다 더 빨리 나를 군중 속으로 밀어내지만 나는 뒤집기 게임의 명수 그의 수법을 쭉쭉 빨아당겨 멋진 복수를 꿈꾸는 얼음공주 그가 달콤새콤하고 쫀득쫀득한 손길로 나를 어루만질 때에도 그가 세기의 영웅처럼 코트 자락을 펄럭이며 우아하게 자동차 문을 열어 그 안에 탄 여자들을 보여줄 때도 나는 앙증맞은 토끼처럼 깡충거리며 겉으론 환하게 속으론 새파랗게 칼을 갈지 물론 그는 모르지 모르면서도 힘껏 가속페달을 밟으며 음산한 엑스터시 협곡을 향해 신나게 질주하는 그 그는 꿈에도 모르지 얼음은 녹을 때 더 치명적이고, 더 아리고, 더 정직해지고, 더 뜨겁다는 걸 죽을 것 같은 쾌감이 크면 클수록 내가 더 자주 더 빨리 활활 타오르는 불꽃들을 비웃는 얼음공주로 변해간다는 걸 비웃음은 붉은색으로만 치장된 화려한 매장 어떤 것을 골라도 아주 지루하고 건

조해지지 비루먹은 개처럼 역겹고 추해지지 온갖 감정이 넘 ⎯
쳐나는 문체 뒤에 숨어 있는 심장의 메마름* 나는 그 서늘
한 메마름으로 서서히 내게서 그를 죽일 거야 새하얀 양, 가
시 많은 장미, 헐벗은 카우보이, 달콤새콤하면서도 쫀득쫀
득한 손길, 텅 빈 새파란 하늘, 그 모든 것을 발갛게 물들이
며 죽어가는 저 잔인한 석양처럼!

* 프란츠 카프카의 글 중에서 변용.

## 물속의 돌

앙리 미쇼는 지나치게 물 쪽으로 기울고, 이성복은 지나치게 돌 쪽으로 기운다. 물속에도 돌은 있고 돌 속에도 물결무늬는 있다. 언젠가 나는 은유를 함부로 휘두른 탓에 물결무늬 원피스를 즐겨 입던 세 명의 여자에게 내 사랑을 갈취당한 적이 있다. 물속은 언제나 아득하고, 돌 속엔 무엇이 숨어 있는지 모른다. 그래도 그들은 삶 한가운데에 있다. 그들이 삶 속에서 만들어낸 시선으로 삶을 둘러보면 나 자신이 물속의 돌처럼 근사해 보인다. 물과 돌이 내는 맥박 소리는 언제 들어도 새롭다. 그 소리에 취해 오늘도 나는 그들을 읽는다. 독서의 밑바닥에 깔린 마령 같은 은유의 촉수들이 다시 한번 나를 뜨겁게 범해주길 기다리며, 꽉 찬 달을 가리키는 은유의 나침반을 물속의 돌, 돌 속의 물 쪽으로 돌려놓는다. 시는 훨훨 타버린 시인과 시인이 만났을 때 비로소 오래된 포장지를 풀고 그리운 자신들의 집을 보여준다. 그 집을 향해 하염없이 젖어들며 기울어지는, 심취한 두 시인의 물속의 돌처럼!

# 황홀한 침범
## ─샤임 수틴

그에게 필이 꽂혀버렸어, 언제나 해진 외투 주머니에 손을 넣고 구부정하게 도심을 기웃거리는, 찢어지게 가난한 헌옷 수선공의 열번째 아들, 바로 1분 전의 일이라도 지나간 것에는 아무런 관심이 없고, 친구라곤 오로지 피범벅이 되어 쓰러지는 권투장의 아우성과 고함소리뿐, 외롭고 퉁명스럽고 거칠고 지저분한, 늘 허기진 위통에 시달리는 파리한 얼굴의 남자, 동시대 작품들에겐 아무런 흥미도 없고, 플랑드르 대가들의 그림이나 쿠르베, 샤르댕, 렘브란트 그림 앞에선 무아경이 되는, 밤새 지붕 틈새로 새어든 빛 같은 그에게 나도 모르게 필이 꽂혀버렸어, 아마도 그가 그린 붉은색 때문일 거야, 화폭을 가득 채운 강렬하면서도 비극적인 붉은색, 나는 그보다 더 칠흑 같은 빛을 보지 못했어, 그보다 더 크게 울부짖는 열림을 보지 못했어, 내 옆의 누군가가 갑자기 나를 움켜쥐는 뜨거운 손 같은, 불꽃으로 달려드는 나방처럼 나도 모르게 그에게 필이 꽂혀버렸어, 그건 마치 죽은 자들의 왕국으로 침범해 들어가 그들의 영혼을 황홀하게 만지는 것과 같았어, 한 번도 살아보지 못한 아주 깊고 오래된 집 앞에 영원히 혼자 서 있는 듯한!

## 에곤 실레

에곤 실레, 너는 갈 곳도 없이 혼자
아이들의 소녀들의 연인들의
배회하는 옷들을 벗긴다

그러곤 그들의 몸에다
순록의 이끼를 심어
네 상처를 칠하고
꽃들이 풀들이 바람들이
더이상 자랄 수 없는
깊은 회한 속에 가둔다

밥도 주지 않고
물도 주지 않고
말라 퀭한 눈으로
에곤 실레, 너는 너를 잡아먹으라고
네 피를 마시라고

일단 증발하면 아무것도 남지 않는
네 사랑을 질겅질겅 씹으라고

아이들의 소녀들의 연인들의 눈물 위로
네 뼈를 던지고
네 절망을 던지고

불운한 네 생의 침실을 던진다

그래도 너는 처음 본 사람처럼
언제나 아름다워
사람들은 너를 기다린다

자신을 찢어버릴 시간 꿰맬 시간에도 올라가는
탐미의 블라인드
그리운 네 창문 앞에서

## 아비뇽의 처녀들

아비뇽의 처녀들은 촉촉이 젖은 살갗 위에
옷 대신 캄캄한 밤을 입는다
캄캄한 어둠 속에서 더 빛이 나는 아비뇽의 처녀들은
남이 입던 신의 축복 따위는 청동거울 속에 집어넣고
당신 때문에 활활 사랑이 불타오른 척
당신 머리 위를 노래하는 새처럼 날아다닌다

참으로 아름다운 아비뇽의 처녀들은
한 여인이면서 다섯 여인 몫의 아름다움을 지니고 있어
이 세상에 어떤 美가 존재하는지 어떤 시인이 그 美를 찬
양하는지
아무런 관심이 없다

오로지 당신 눈빛과 마주치고
그 눈빛에서 절망 대신 환희가 솟아오르면
화창한 주말 날씨의 해변처럼
따뜻하고 부드러운 자궁을 한껏 열어
당신을 품고 당신을 낳을 뿐

한 번도 누구누구의 정식 연인이 되어본 적 없는 아비뇽
의 처녀들은
홀로 있을 때나 함께 있을 때나 발가벗어 그림자 진 당
신 영혼에

기쁘게 은방울꽃과 데이지꽃 수를 놓으며
서둘러 짐 챙겨 떠나는 이 세상 모든 이별의 왈츠가
이제는 당신 마음속에서 끝나기를 곧 끝나버리기를 기다
린다

캄캄한 밤을 달래는 푸른 달빛이 서서히 서쪽에서부터 차
올라오듯이

## 공생

시는 시인의 가슴을 파먹고

시인은 시의 심장을 파먹고

부자는 가난한 자들의 노동을 파먹고

가난한 자는 부자들의 동정을 파먹고

삶은 날마다 뜨고 지는 태양의 숨결을 파먹고

태양은 쉼 없이 매일매일 자라나는 희망을 파먹고

희망은 너무 많이 불어터져버린 일회용 푸른 풍선 같은

하늘을 파먹고

# 내가 사랑한 시

　　내가 사랑한 시는 어디로 갔을까요? 서재에도 욕실에도
부엌에도 뒤뜰에도 아무리 찾아봐도 보이지 않네요 열린 대
문으로 날아들어온 참새 두 마리 찍찍거리며 무어라 알려주
지만 아, 나는 어쩌다 참새의 말도 못 알아듣는 귀머거리가
되었을까요? 시의 행방을 아무리 알려줘도 못 알아먹는 나
를 비웃으며 폴짝 담을 넘어가는 두 마리 참새 그들을 따라
가면 시가 간 곳을 알 텐데 아, 어쩌다 나는 날개 없는 인간
이 되어 쬐그만 참새 두 마리도 따라붙지 못할까요? 열린 대
문 아래 서서 내가 사랑한 시를 아무리 부르고 찾아도 내 원
고지에는 아직 아무것도 적혀 있지 않네요 그는 어디로 갔
을까요? 오전부터 그와 한잔하며 갈 데까지 가보고 싶은데
도처에 깔린 넌더리나게 서정적인 목구멍들 깊숙이 디오니
소스적 엑스터시를 들이붓고 러시안룰렛 식 빨리빨리 감기
를 기차게 하고 싶은데 아, 그는 어디로 갔을까요? 내가 사
랑한 시 우리 시대의 적토마 은유의 주홍 글씨 예측 불허의
돈키호테 그는 정말 어디로 갔을까요? 대문 밖 어떤 곳에서
는 시의 종말을 외치는 팡파르를 울리며 수로 없는 심장의
메마름을 무리 지어 과시하고 있는데 아, 나는 왜 아무도 원
치 않는 임신을 한 여자처럼 이토록 불안하고 두려운가요?
내가 사랑한 시는 현대인을 위해 활짝 핀 절규도 댄디도 반
항곡도 사모곡도 아닌데 그냥 한없이 읽고 또 읽으며 하얀
애벌레처럼 바짝 웅크린 어깨를 펴고 그를 따라 멀리멀리
아주 멀리로 즐거운 외출을 하고 싶을 뿐인데……

## 포르쉐 550스파이더*

그 차에 탔던 사람들은 모두 죽었어
한 청년과 금발의 아가씨
둘이면서 혼자고 혼자이면서 다수인 그들
피로 친친 감긴 그들의 육체는 영혼을 디디고 핀
한 송이 잿가루빛 장미꽃처럼 장엄했어

어제 본 신문에는 한 여자가 먼저 죽고
그다음에 한 남자가 죽었지만
오늘 본 신문에는 한 남자가 먼저 죽고
그다음에 한 여자가 죽었어

우리는 언제나 그렇게 누군가를 따라 죽어
눈 깜박할 사이, 마치 오랫동안 그 일을 연습해온 듯이
바닥에 구겨져 있는 생을 집어 헐레벌떡 죽음의 역을 지나
날 선 지하 세계를 통해 간신히 할머니 집으로 달려온 빨
간 모자처럼
포르쉐 550스파이더를 몰고 달리던 그 남자도 그 여자도
그렇게 헐레벌떡 죽음 앞에 섰을 거야

시간이 이미 멈춘 줄도 모르고
죽음 따위는 하나도 무섭지 않다는 포즈 그대로
빨간 모자들이 가득찬 머리통을
브레이크도 밟지 않고 그냥 속도에 내맡겨버렸을 거야

하지만 죽음은 죽음 직전에나 아주 멋지게 보이는 법

차문을 쾅! 닫고
포르쉐 550스파이더에 올라탄 그 순간,
그들도 그걸 알았을 거야
다시는 다정히 팔을 구부려 제 인생을 안을 수 없고
다시는 제 연인을 품을 수 없다는 걸
끝까지 속도를 훔치고 훔쳐 달려나가면서 그들도 알았
을 거야
하나의 생생한 이름인 죽음이 이미 그들의 깊은 내장에
진을 치고
마음놓고 그들을 파먹기 시작했다는 것을

그런데도 그들은 계속해서 달리고 달렸을 거야
아무런 미련도 없이 얽매이는 꿈도 없이
속도를 숭배하며 속도를 탕진하며 속도에 미쳐

달리는 자의 황홀을 향해
그 백열의 입맞춤을 향해
불타는 엑스터시, 그 찬란한 백일몽에
모든 것을 다 내맡겼을 거야

내일과 상관없이 오, 살아 있는 무수한 빨간 모자들과 상
관없이
　무서운 줄도 모르고
　크게 입 벌린 늑대들의 위장 속으로 빨려들어갔을 거야
　포르쉐 550스파이더의 그 위력적인 전설 속으로
　그 전설 속 영원한 청춘들에게로!

　* 영화배우 제임스 딘이 마지막 탔던 자동차. 이 차를 탄 사람들은 모
두 죽는다는 전설이 있음.

## 지나친 배려

한때 껌 좀 씹었던 선배가 부자 남자 만나 떵떵거리며 산다는 선배가, 어느 날 느닷없이 삼청동에 나타나 은색 벤츠에 나를 밀어넣었다, 너 오늘 소개팅 좀 해! 그러곤 나를 백화점으로 미용실로 끌고 다니며, 이건 모두 내 선물! 하며 거절할 새도 없이 나를 예쁜 공주님 스타일로 만들어놓았다, 울며 겨자 먹기로 선배를 따라간 강남의 한 레스토랑에서 만난 말쑥한 남자, 한때 껌 좀 씹었던 선배는 왕년의 명성 그대로 하하 호호 하며 있는 각주 없는 각주까지 신나게 달아가며 멋들어지게 나와 남자를 끼워 맞췄다, 점점 남자의 눈빛에 힘이 들어가고 비프스테이크 소스처럼 달짝지근해질 즈음 내 휴대전화가 울렸다, K시인의 어머님이 돌아가셨다는 부고였다, 나는 그걸 빌미로 일어섰다, 꼭 가봐야 할 자리라고, 여자 시인 한 명쯤 자신의 대여성 명부에 넣고 싶어 빠짝 안달이 나 있던 남자의 서운한 시선과 그러다 너 처녀귀신 된다는 선배의 약오른 악담을 뒤통수에 받으며 밖으로 나오니 푸하하하! 웃음이 터져나왔다, 왜 사람들은 내게 남자를 못 붙여줘서 저 안달들일까? 이렇듯 지나친 배려까지 부려가면서? 정말 내가 처녀귀신이라도 되어 자기 남편들을 진짜로 하나둘씩 잡아먹을까봐 겁나서 그러는 것일까? 히히 낄낄 하면서 너무나도 맛있게!

## 블루베리와 크랜베리 사이에서


당신은 블루베리를 더 좋아하고
나는 크랜베리를 더 좋아해요
요정의 심장같이 붉은

붉은색은 언제나 나를 자극시켜요
자꾸만 더 멀리 가자고 속삭여요
때로는 그 속삭임에 두말 않고 복종해
아주 멀리 가는 즐거움을 누리기도 하지만

나는 언제나 당신 곁으로 다시 돌아와요
비록 당신이 하트 크레인*의 시에 크랜베리 와인을 타 마
시는 나를 언짢아해도
나는 당신이 블루베리 와인을 마시며 무라카미 하루키를
읽는 게
전혀 신경 쓰이지 않거든요
어차피 문학이란 문학적 테크닉과 탐구에 탁월한 작가보
다는
가슴에 난 커다란 구멍을 찢어진 우산 하나로 버티다 쓰
러지는 시인에게
더 쓰라린 법이니까요

당신이 아무리 크랜베리보다 블루베리를 더 좋아해도
당신은 내 취향이 아니야, 라고 말한 적 한 번도 없듯이

나는 사람들의 취향이 제각각인 게 참 좋아요

그렇지 않다면 어떻게 이 무너진 세상을 견디고 이 확신 없는 세상을 참아내겠어요

나는 취향이야말로 인간이 가진 것 중 가장 아름다운 방어벽이라고 생각해요

어떤 비극도 환상으로 무마할 수 있고 감쪽같이 숨길 수 있는


그러니 우리 아무 말 말고 블루베리와 크랜베리 사이에서

그 사이만큼만 서로를 사랑하고 즐겨요

얼룩투성이 심연 같은 긴 이별, 짧은 편지** 따위는 저멀리 던져버리고

잘 익어가는 블루베리와 크랜베리 사이에서

마음놓고 우리들 취향대로 아주 작은 왕국을 만들어요

두 켤레 신발이 뜨거운 햇볕 아래 반짝이는!

* 33세에 자살한 미국 시인.
** 오스트리아 작가 페터 한트케의 자전적 소설.

## 아직도 너는


아직도 너는
천년 전에 탄 그 기차에서 내리지 않았니?
너무나 길어 끝이 보이지 않는 그 기차에서?
청춘의 뜨거운 바람은 지나가고
네 이름이 무엇이냐고 묻는 숙명적인 질문과 함께 시작
되는
13권, 17권으로 된 대하소설책은 이미 끝났는데
덧없이 내리는 비와 눈 바라보며
어디까지 가나요?
가슴에 아직도 아침 햇살이 묻어 있군요
속삭여줄 사람들을 기다리고 있니?
한번 지나가면 어떤 흔적도 남기지 않는 기차역마다
희미한 네 정열의 아픈 갈증 걸어두고
온몸 온 마음으로 깨물었던 남쪽 바람의 향기
스산한 한잔의 심연에 타 마시고 있니?
끝없이 달리는 기차 바퀴 밑으로 깔리는 세월의 한숨 소
리에
전신으로 울고 전신으로 웃으며?
버리고 또 버려도 인간이란 이름으로 다시 너를 버리는
인생이란 그 긴 기차에서 아직도 너는?

# 위대한 양파

아버지의 외박이 일주일째 계속되던 날, 어머니는 양파를 까자고 했다. 양파 중에서도 가장 어리고 독한 것들만 골라오라고 했다. 나는 광주리 가득 양파를 담아왔다. 양파를 까면서 우는 건 자연스런 일이므로 눈물 콧물 흘려가며 열심히 양파를 깠다. 껍질이 벗겨지면서 드러나는 양파의 눈처럼 희고 예쁜 속살은 언제 봐도 신기했다. 한참 그 美에 빠져 있다 문득 어머니를 올려다보니 어머니도 울고 있었다. 온몸이 울음바다로 변해 있었다. 하지만 그 눈물은 양파 때문이 아니라 일주일째 집을 비운 아버지가 만든 진짜 눈물이었다. 어린 눈에도 그 눈물이 너무나도 아파 나는 못 본 척 숨죽이며 양파만 깠다. 눈물 콧물이 떨어져도 가만히 있었다. 어머니가 왜 우는지, 어머니의 설움이 무엇인지 알기에 꼼짝도 않고 양파만 깠다. 아, 어머니는 저렇듯 남몰래 흘려야 할 눈물이 있을 때, 남몰래 터뜨려야 할 설움이 차오를 때 이렇게 양파를 까며 우신 거구나! 나는 양파가 내심 고마웠다. 어머니는 양파를 까면서 울고 깐 양파를 썰면서도 울었다. 그 때문인지 눈물 젖은 하얀 양파가 프라이팬에서 황갈색으로 익어가며 내뿜는 향기는 무어라 말할 수 없이 달달하고 먹음식했다. 온 마음이 깨끗해지는 기분이었다. 채소 중의 채소, 양파는 정말 위대했다. 어머니의 아픔을 모조리 눈물로 씻겨내고는 다시 평심(平心)의 세계로, 다시 우리 어머니로 말끔히 되돌려놓아주었다.

## 시인 앨범 4

시를 우습게 보는 시인도 싫고, 시가 생의 전부라고 말하는 시인도 싫고, 취미(장난) 삼아 시를 쓴다는 시인도 싫고, 남의 시에 대해 핏대 올리는 시인도 싫고, 발표 지면에 따라 시 계급을 매기며 으쓱해하는 시인도 싫다.

남의 시를 훔쳐와 제 것처럼 쓰는 시인도 싫고, 조금씩 마주보고 싶지 않은 시인이 생기는 것도 싫고, 문화림(文化林)의 나뭇가지 위에서 원숭이처럼 재주 피우는 시인도 싫고, 밥먹듯 약속을 어기는 시인도 싫고, 말끝마다 한숨이 걸려 있는 시인도 싫다.

성질은 못돼먹어도 시만 잘 쓰면 된다는 시인도 싫고, 시는 못 쓰는데 마음씨는 기차게 좋은 시인도 싫고, 학연, 지연을 후광처럼 업고 다니며 나풀대는 시인도 싫고, 앉았다 하면 거짓말만 해대는 시인도 싫고, 독버섯을 그냥 버섯이라고 우기는 시인도 싫고,

싫다, 싫어……

연말연시, 시인들만 모여 있는 송년회장에서
가장 못난 시인이 되어 시야 침을 뱉든 말든
술잔만 내리 꺾다 바람 쌩쌩한 골목길에 쭈그리고 앉아
싫다, 싫다 한 시인들 차례로 게워내고 나니

니체라 불리는 사나이, 내 뒤통수를 탁 치며,
그래서 내가 경고했잖아, 같은 동류끼리는
미워하지도 말고 사랑하지도 말라고!
벌써 그 말을 잊은 건 아니겠지? 까르르 웃어젖히더군,
바람 쌩쌩 부는 골목길에서

## 어젯밤 도착한 보고서

그가 지나간다 그녀가 지나간다
그러나 이제 더이상 그들에게 연연하지 않으리
인력으로 회복되지 않는 관계는 신의 몫
나는 내 형제들을 돌보는 것만으로도 다 삭아가는 통나무
조각조각 잘려나간 손으로 인류라는 허황된 꿈 잡지 않
으리
그가 지나가고 그녀가 지나가도
나는 지배자의 법이 원하는 내 욕망을 내어놓지 않으리
헛되고 무력해도 나는 내 형제들 속에 남으리
삶의 괄호 안에 들기 위해 우왕좌왕하는 무리는 신의 몫
나는 가장 큰 절망과 소외로 옷을 해 입고
군중 속에서 마주친 인간의 광채에 고독한 내 펜을 던지리
그리고 가장 뒤늦게 오는 이를 위해 소금과 설탕 그릇을
내밀며
가장 마지막에 웃는 포옹을 배우리
세상이 숙덕대며 놀라워하는 희극과 비극은 신의 몫
두 번 다시 내 사생활로는 삼지 않으리
죽은 물고기 안에 또 죽은 물고기를 꺼내며 우는 내 형제
들은
아무리 입어도 해지지 않는 옷
신이 보시기에도 그 옷은 언제나 내 몸에 꼭 맞으리
스스로 죽어가는 어중간한 이들의 불신은 모두 신의 몫
하루에 커피 스물여덟 잔을 마시며 배고픔과 열정을 달

랬던 고흐처럼
　나는 내 길을 가리
　날마다 늙어가는 몇십만 몇백만의 엇갈린 생각 때문에
　내 형제들이 흘린 피눈물은 아직도 불빛 하나 없는 미완
성의 밤
　그 외의 모든 불협화음도 신의 몫
　나는 내 위험한 잉크병에 떨어진 한 방울의 진실만으로
　돛대도 삿대도 없이 매일매일 쓰라린 아침을 맞는
　내 형제들의 뜨거운 노동, 아주 작은 호주머니 속 꿈꾸는
보복이 되리
　온몸에 꾹꾹 눌러 담는 그들의 멋진 먹이가 되리

## 어디에나 있는 고양이

어디에나 고양이는 있다
4천만 년 전 화석에도 있고
우리집 담벼락에도 있고
너와 헤어진 골목, 그 어둠 속에도 있다

고양이는 이미 태어나면서 진화가 끝난
더이상 진화할 필요가 없는
완벽한 동물

나는 어디에나 있는 고양이들이 좋다
울창한 숲속, 공동묘지 앞, 잡풀이 무성한 텅 빈 공장,
어느 유명 여배우의 침실, 잘나가는 소설가의 서재,
천재 작곡가들의 음표, 안개 자욱한 부둣가,
세상에서 가장 오래된 그림이나 시집……

그곳이 어디든, 어디에 있든 고양이는,
고양이의 눈은 눈부시게 빛난다

신이 분노하고, 아이들이 죽어나가고, 세상에 먹구름이
잔뜩 끼어도
모두가 사탄의 자식이라 돌팔매질을 하고
끈질긴 저주의 올가미가 평생을 따라다녀도
고양이는 개의치 않고 모두를 비웃듯

가장 아름다운 여신 프레이야의 마차를 끌던 악마 고양
이들처럼
유유히 제 갈 길을 간다

나는 어디에나 있는 그런 고양이들이 좋다
사람들과 떨어져 있어도 함께 있어도
언제나 살아 있는 심장에 불을 켜고
북쪽 창을 열면 그 아래에서 야옹!
서쪽 창을 열면 그 위에서 야옹!

세상 모든 장소의 혼령이기나 한 듯 갸르릉거리며
어디서나 나타나고 어디에나 있는
그 도도하고 위협적인 카리스마!
누구도 완전히 소유한 적 없고 지배한 적 없는
오, 놀라울 정도로 독립적이고 신비로운 고양이

나는 그런 고양이들이 좋다
그 커다란 두 눈이, 영기(靈氣) 가득한 두 눈이
뚫어져라 나를 응시하거나
타오르듯 사납게 뒤돌아볼 때면 더욱더!

## 시인 앨범 5
### —시는 혼자가 아니다

오랜만의 술자리/ 반가운 얼굴들이 많네/ 다들 무사한 건가?/ 아, 저기 혜성처럼 나타났다는 천재 시인도 있네/ 하지만 모두의 예상을 뒤엎고 그도 조만간 그 자리를 내려놓게 될 거야/ 놀라움과 재치로 가득찬 게임일수록 더 빨리, 더 쉽게 복제의 덫에 빠질 테니까/ 그보다는 저기 저, 물음표를 거꾸로 세워놓은 듯한 저 시인이 훨씬 더 시에는 강할 거야/ 의문은 시의 원동력이니까/ 미당문학상 받은 시인 옆에 앉은 저 여성 시인은 이제 나와는 눈도 안 마주치네/ 한때는 내 친구라고 하더니/ 이제 와 수직적 정체성에 비상등이 켜진 걸까?/ 그래봤자 사람마다 즐기는 문화의 급수는 거기가 거길 텐데/ 아, 저기 우리 글발(시인축구팀) 팀들이 오네/ 유일한 남풍(南風)/ 이제야 실내가 점점 환해지네/ 어젯밤 만난 미셸 드기는 시는 혼자가 아니라고 했는데/ 역시 혼자 마시는 맥주보다 여럿이 마시는 맥주맛이 훨씬 좋아, 좋아/ 이젠 어디에도 1990년대식 낭만은 찾아볼 수가 없네/ 그래도 내 앞에 앉은 시인은 고맙게도 자꾸만 시로 말을 거네/ 요즘 대세는 도롱뇽과의 전쟁이라는데/ 아저씨, 여기 맥주 좀 더 주세요!/ 그런데 아직도 저 여성 시인은 긴 생머리를 고수하고 있네/ 청순가련을 빙자한 요부형/ 내게도 저런 빛나는 재주가 있었다면 내 인생이 이렇게 꼬이지는 않았을 텐데/ 상미 누나!/ 아, 내가 좋아하는 j시인!/ 당나라 화가 우다오츠를 닮아 언젠가는 제가 쓴 시 속으로 사라질지도 모를/ 눈물나게 얌전한 폭탄/ 그런데 나의 프랑켄슈타인은

왜 아직도 안 오는 거야?/ 아직도 시와 단식투쟁중인가?/
언제 봐도 저 세 시인은 미궁 같다니까/ 속 보이는 짓을 해
도 야릇한 안개 같아/ 그래도 이 동네의 무정부주의자들은
여전히 말발이 세/ 그 때문에 시종일관 정직하기가 정말 힘
들어/ 그 외는 무엇이든 재미있고, 괜찮아, 괜찮아/ 시인은
혼자지만 시는 혼자가 아니니까/ 시인은 죽지만 시는 죽지
않으니까/ 우리 모두에게 시는 인생, 그 이상이니까/ 그래,
마시자, 술!/ 이렇게 별이 빛나는 밤은 누가 뭐래도 뭉크의
그림보다는 고흐의 그림이 더 생생하고 더 아름답지/ 아저
씨, 여기 맥주 좀 더 주세요!

## 푸른 파라솔

진짜 여자가 되려면 파라솔이 필요할 거야
파라솔은 햇빛의 오케스트라를 지휘하는 지휘자처럼
반쯤은 여자들을 눈부신 회상의 멜로디로 만들어주지

나보다 더 먼저 순결을 잃은 언니들이
대성당의 그림자처럼 매혹적인 손길로
내게 건네준 푸른 파라솔

나는 그 서늘하고 완곡한 색채에 취해
그만 통금을 놓쳐버리고
새벽녘 광복동 거리에서 하염없이 다가올
불볕더위를 기다렸다

파라솔이 펴지고 접힐 때마다
끈적이는 눈물 같은 불볕더위에 내 어깨끈은 자주,
은밀히 흘러내리고

그때마다 나는 능숙한 용접공이 되어 언니들의 욕망을
보호받지 못한 내 욕망에 아주 잘 용접하기 위해
얼마나 많은 그늘들을 친한 벗으로 끌어들였던가

나보다 더 먼저 여자가 된 언니들이
가슴 절절하고 애잔한 맨발로 아슬아슬

삶이라 불리는 그 수수께끼 강을 건너다니며
두 손에 쥔 짧은 행복을 벌어진 손가락 사이로
파라솔처럼 활짝 펼쳐 보일 때마다

나는 푸른 파라솔을 쓰고 하염없이
바람 부는 언덕에 서 있던
모네의 그림 속 한 여인을 생각했다

아무리 애를 써도 사라지지 않고 지워지지 않던
내 언니들 같기도 하고 나 같기도 하고 내 엄마들 같기
도 한
그 뜨겁고 황홀한 그녀들의 피냄새!

너무나도 신비하고 놀라운 그 회상의 멜로디

## 소와 나

시골길에서 문득 마주친 소
흙 색깔의 따뜻한 짐승
철썩 꼬리를 치며 정다운 숨결 내뿜는다

만지고 싶고 기대고 싶고 웃어주고 싶은데
왠지 무섭다

어릴 땐 저 소의 젖을 먹으며
소와 함께 하나의 자연이 되어
밭도 갈고 물도 마시고 등 위에 올라타면서
빛나는 별, 미래도 속삭였는데

소와 떨어져 산 지 몇십 년
나는 고독한 아스팔트, 매끄러운 도시인이 되고
소는 잊혀진 첫사랑보다 더 슬프게 멀어져
끔벅끔벅 낯선 이를 보듯
그 큰 눈을 딴 데로 돌리네

한 나라 안에 살면서도
시골과 도시는 이처럼 먼 이국이 되어버렸네

# 벌새

누군가가 또 세상을 떠나나보다
포르르 벌새가 날아간다
어깨를 움찔하며 애도하는 밤나무들을 보고서
그 새가 벌새라는 걸 알았다

벌새는 이승과 저승 사이를 날아다니는 유일한 새
육체를 버린 인간의 영혼을 저승으로 데려다주는 전령
새 중에서 가장 재빠르고 부지런한 새

세상 떠나기 전 엄마도 그랬고 언니도 그랬고 할머니도
그랬다
인간의 마음처럼 반짝반짝 일곱 색깔로 빛나는
아름다운 무지개 새를 보았다고

그 착한 벌새가 포르르 어딘가로 날아간다
한 사람의 예쁜 영혼이 혹 저승길 잃을까
바람개비처럼 빠르게 바람을 타고 있다

## 밥의 힘

악몽에 가위눌려 식은땀 흘리다 깨어나 밥을 먹는다. 새벽 3시. 배추김치를 쭉 찢어 밥을 먹는다. 거울에 비친 내 얼굴이 새하얗다. 귀신같다. 귀신처럼 외롭다. 귀신보다 더 외롭다. 어두움을 틈타 창가로 몰려든 나무 그림자들이 낄낄거리며 유령 행세를 한다. 하지만 나는 밥과 함께 있다. 외로움과 두려움에 절절 끓는 공기를 무찌르는 데는 밥만한 장수가 없다. 밥도 그걸 알기에 꿀맛같이 든든한 자신을 귀신보다 더 외로운 내 뱃속으로 자꾸만 밀어넣는다. 희붐히 동쪽 지붕이 밝아온다. 뱃속이 꽉 찼으니 이제 악몽 퇴치는 시간문제다. 창문을 열자 창가에 눈을 갖다붙이고 나를 염탐하던 나무들이 재빨리 제자리로 돌아가 시침을 뗀다. 나는 씨익 웃으며 썩썩하게 부엌으로 나가 다시 밥을 짓는다. 밥은 삶의 성기다. 그를 품기 위해 새아침이 빠르게 밝아오고 있다!

## 돌멩이

나는 돌멩이

눈도 코도 입도 귀도 없는 돌멩이

누군가 지나가다 발로 차올리면

쨍그랑! 유리창이 깨지고

깨깨깽! 개의 비명이 울리고

푸드득! 한쪽 끝에서 새들이 날아오르는

그 짧은 순간, 작렬하는 빛처럼 내 존재가 드러나지만

여전히 나는 슬픈 돌멩이

한낮에는 뜨거운 태양 아래 더없이 달아올랐다가

한밤에는 캄캄한 어둠에 잡혀 더없이 외롭고 캄캄한

언제나 혼자 놀고 혼자 꿈꾸는

아무도 몰래 神이 지구 위에 눈 똥

## 바다로 간 내 애인들

내 애인들은 모두 죽었다.
캄캄한 하늘에 아주 높이, 아주 멀리로 오줌발을 갈겨대던
내 애인들은 모두 죽었다.

나는 애인 없이 아픈 배를 타고 바다로 간다.
아무리 노력해도 살릴 수 없는 내 애인들아
사랑에는 더 높고 더 낮은 자리가 없다는데
나는 너희들을 너무 높은 자리로, 너무 높은 자리에만 앉
혔던 것 같다.
단 한 번의 실수로 너무 높은 자리에서 너무 낮은 자리로
떨어진 너희들은
그 때문에 모두 산산조각 나 죽어버렸다.

미안하다, 내 애인들아.
나는 너희들을 내 자궁처럼 푸른 바다에 묻기 위해 바다
로 간다.
너희들이 신나게 하늘로 쏘아올린 그 오줌발들이
싱싱한 물고기가 되어 헤엄쳐다니는 푸른 바다
이 지상에서 내가 천상인 듯 여기는 유일한 바다
그곳에다 너희들을 묻기 위해 바다로 간다.

사랑을 사랑할 줄밖에 몰랐던 찢어진 내 가슴에
너희들의 이름이 새겨진 비늘을 입혀다오.

나는 이제 모든 하소연도 버리고 입에 문 칼도 버렸다.

그토록 아끼던 뜨거운 키스도, 서쪽 달과 하나되어 격렬했던 밤도 버렸다.

너무나도 오래 운 애끓는 행복한 날들도 모두 버렸다.


그러니 너희들이 짜고 버린 내 불행은, 이제 더이상 내가 아니다.

드넓은 바다 위에 너희들을 묻으며 나는 나에게로 귀향한다.


광야에서 소리치는 사람처럼 외로웠던 내 사랑아.

죽어서도 펄펄 뛰며 아무런 흔적 남기지 않으려 애쓰지 마라.

사랑의 폭군, 비애의 전리품들은 어차피 하얗게 바랠 뼛조각들

더이상 아무것도 지배하지 못한다.

그러니 잘 가라, 내 애인들이여,

그동안 정말, 너무나도 고마웠다!

## 순식간에, 아주 천천히

변한다 모든 건 변한다
우디 앨런의 영화도 변하고 팀 버튼의 영화도 변하고
건장한 팔다리처럼 강직했던 내 의지도 변한다
아무리 연장자들이 삶은 변하지 않는다 소리쳐도
젊은이들은 언제나 불 주위로 몰려들고 활활 타는 불구덩
이로 뛰어든다
원상 복구라는 말은 이제 낡은 말이 되었다
그래도 늑대들과 노는 것, 아무리 외로워도 늑대들과 노
는 것만은
아직도 꺼림칙하고 고통스러울 뿐
우연히 마주친 대선배의 냉랭하고 못마땅한 표정 안에 숨
겨진 검은 의도쯤이야
꽃이 제일 슬플 땐 피지 못할 때라며
부드러운 가을바람처럼 무심으로 꼭 품어주면 그만
대부분의 사람들은 나이가 들면서 얼굴이 변하듯 인격도
변한다
개념 없는 시가 개념 있는 시보다 더 잘 먹히고
짧은 시가 긴 시보다 더 소통이 잘된다고 생각하는 건 그
네들의 자유
오답 속에 무참히 익사하는 게 어디 시뿐이던가
양치기 소년은 어느 시대 어디에나 있고 더 얄팍한 자들은
미리 봐둔 서정적 비상구를 통과해 제집에서 편안히 히트
작들을 써대고 있잖은가

지겹도록 순수를 양심을 본분을 지켜도
내 인생의 안뜰에 쌓이는 건 타인의 쓰레기들
다른 누군가를 알게 되는 것보다
다른 누군가가 나를 알아주는 것보다
나 자신을 바로 아는 게 훨씬 험난한 세상이다
어딜 가도 포식자들은 에너지 넘치는 순한 이들의 문고리
를 끊임없이 탐하고
백년이 지나고 천년이 흘러도 모딜리아니 그림 속 여자
들은
눈동자 없는 슬픈 눈으로 우리를 빤히 쳐다볼 것이다
그러니 누가 내 팔목을 쓰윽 그어주렴
아직도 내 피가 붉은지 보고 싶다
그 붉은 피로 어제는 짧은 시를 쓰고
오늘은 긴 시를 쓰고
내일은 또 어떤 시를 쓸지 알 수 없지만
누가 뭐래도 내 소원은
'이 얼마나 멋진 날인가'로 시작하는 시를 써보는 것
그리고 그 시를 들여다보기 위해 온몸을 숙이고
그 속으로 황홀하게 빨려들어가는 것
순식간에, 아주 천천히

## 방과 복도

너와 나 사이에 복도가 있다
우리가 처음 만난 곳도 그 복도였다
복도는 길고 무료하다
복도는 고요하고 싸늘하다
그 복도를 사이에 두고 너와 나는 각기 다른 방에 산다
우리는 우리가 잃어버린 것이 무엇인지 모를 때 복도로
나온다
나도 그랬고 너도 그랬다
그렇게 친해진 우리는 복도 너머 각자의 방을 오가며 불
타올랐다
그러나 복도는 복도일 뿐
우리가 서로 문을 열고 나온 그 방에서 무슨 일이 일어났
는지
복도는 알지 못한다
복도는 방과 달리 누구에게나 열려 있다
방이 가진 순수한 아픔이나 괴로움이 없다
복도는 시간을 모르고 고여 있는 철학도 없다
복도에서 만나거나 복도에서 헤어진 사람들을 위해
복도는 애간장을 끓이거나 목말라하지도 않는다
그런 사람은 가차없이 방으로 보내버린다
복도는 무수한 방들을 달고 있지만 방과는 무관하다
복도에서 무언가를 얻으려 하면 복도는 그 누구보다도 냉
담해지고 싸늘해진다

복도는 얻는 곳이 아니라 버리고 또 버리는 곳이다
너와 나 사이에 있는 복도
내 방과 네 방 사이에 있는 복도
우리가 처음 만난 곳도 그 복도였다
우리는 그 복도에서 만나 복도를 잊고 불타올랐다
그리고 모든 일은 우리들 방에서 일어나고 우리들 방에
서 끝났다
복도는 그 방과 그 방을 이어주는 통로일 뿐
모든 것이 다 사라지고 난 너와 나 사이
가장 최후에 남는 여백처럼
복도는 여전히 그곳에 있다
얻을 것은 하나도 없고 잃을 것만 수두룩한
너와 나 사이
내 방과 네 방 사이에 있다

## 봄날의 한 아이

나른한 봄날 오후
하굣길 담벼락에 기대선 남자아이
울부짖는 병아리에게 주사를 놓고 있다
검은 만년필 주사

콕콕 찌를 때마다
병아리 몸속으로 퍼져나가는 검은색 잉크
검은색 비명

무엇이 저 아이를 저토록 화나게 하여
저 잔인한 외로움을 병아리에게 분풀이하게 했는가!

죽어서 축 늘어진 병아리 날갯죽지를 쭉쭉 찢으며
병아리 피보다도 더 검붉은 눈물을 뚝뚝 흘리는 아이
우리들의 너무나도 외로운 한 아이

## 독립국가

나는 대국의 황제, 태어날 때부터 신성한 몸이라 아무도
나를 똑바로 쳐다보지도 직접 대면하지도 못했다. 나는 인
간이 아니라 황제이므로 모두에게서 고립되어 지냈다.

꽃피는 봄날에는 동쪽 궁궐에서 푸른색 비단옷을 입고 밀
전병과 양고기를 먹었으며, 뜨거운 여름날과 시원한 가을날
에는 남쪽 궁궐에서 흰 비단옷을 입고 개고기와 보이차를
마셨으며, 춥고 싸늘한 겨울날에는 북쪽 궁궐에서 검은 비
단옷을 입고 돼지고기와 제비집 요리를 먹었다.

내가 거주하는 곳은 내가 입은 옷 색깔과 똑같고, 내가 타
고 다니는 가마의 색깔과도 같았다. 그러나 누구도 나를 직
접 대면하거나 나와 눈 맞추지 못했으며 눈 맞추려 하지도
않았다.

나는 황제가 아니라 인간이 되고 싶고, 인간으로 살고 싶
었으나
모두가 나를 신처럼 우러러보았다.
나는 한 번도 인간 대접을 받아보지 못했다.

내가 하는 생각은 무엇이든 전능하여
내가 백성들을 생각하면 백성들은 더욱 강건해지고
내가 전쟁을 생각하면 모든 병사들은 전쟁터로 달려갔다.

그런데 오직 한 사람, 대국의 시인이라는 그 한 사람만은, 감히 나를 황제가 아니라 인간으로 맞섰다. 나를 우러러보지도 나를 무서워하지도 않았다. 아무것도 두려울 것이 없다는, 어떤 것에도 굴하지 않겠다는 그런 눈으로 나를 마주보았다.

나는 그 눈을 통해 궁궐 밖의 눈 덮인 산야와 봄날의 강과 들꽃들, 그리고 환한 여름 달빛과 색색의 단풍잎들과 봄이면 연분홍색으로 물드는 도화나무 아래서 황홀하게 머리를 빗는 여인들과 술잔 하나로 황혼의 슬픔을 달래는 백성들의 처연한 노랫소리를 들었다.

나는 그토록 그리웠던 인간들의 세계를 그 눈에서 보고, 만지고, 느낄 수 있었다. 그리고 그들처럼 내 가슴에도 분노와 슬픔, 기쁨과 절망이 담겨 있다는 것을 알고 놀라워했다.

천단(天壇)의 크고 작은 수많은 양초들처럼 나 역시 미세한 바람에도 흔들리는 일개 인간이라는 것에 흡족해하며 크게 웃었다.

태어나서 죽을 때까지, 대국의 황제로만 살아야 하는 내 가혹한 운명을 그는 한순간에 자유롭게 해방시켜주었다. 나

를 황제가 아닌 인간적인 너무나 인간적인 경지로 끌어내
려주었다.

나는 처음으로 황제가 아닌 인간으로, 활활 불타올랐다.

그리고 대신들이 입 모아, 무례하기 이를 데 없는 그를 단
칼에 내려쳐야 한다고 말했으나, 나는 그의 목을 치지도 그
를 벌하지도 않았다.

그는 대국의 시인, 나는 대국의 황제.
우리는 단번에 서로를 알아보고 서로를 이해했다.

나는 황제로, 그는 시인으로 죽을 때까지 첩첩산중으로
둘러싸인, 뼈저린 고독 속에서 홀로 살아야 하는 가혹한 운
명이라는 것을. 어쩔 수 없이 모두에게서 고립된 하나의 외
롭고 높고 쓸쓸한* 독립국가라는 것을!

* 백석의 시에서 따옴.

## 꽃밭에서 쓴 편지

정말 오랜만이네요. 그대가 떠난 뒤 나는 꽃들과 친해졌답니다. 그대가 좋아했던 꽃들. 그 꽃들과 사귀며 하루하루 새 꿈을 개발해내고 있답니다.

그대가 가장 좋아했던 꽃이 안개꽃이었나요? 영원한 사랑. 그 꽃으로 그대는 나를 유혹하고 나를 버렸지요. 꽃밭 가득 그 꽃들이 다시 피어나고 있어요. 깊이를 잴 수 없는 꽃들의 욕망은 그 자체가 울부짖는 색깔 같아 그대 없이도 나는 그 꽃들을 숨막히게 안고 숨막히게 그 향기를 맡아요.

이제 엉겅퀴처럼 상심한 마음은 내 것이 아니에요. 나는 하루하루 화해의 개암나무 잎에 나를 문지르며 베고니아처럼 신중하게 아이비처럼 지조 있게 매일 밤 캐모마일 차를 마시며 역경 속의 에너지를 키우고 있답니다.

그러니 늘 버림받아 우는 매발톱 꽃씨 따위는 이제 보내지 말아요. 아무리 아름다운 꽃이라 해도 진달래처럼 짧고 연약한 열정에 매달려 쐐기풀처럼 잔인하게 시들고 싶진 않아요.

그래도 옛사랑, 그대를 위해 행운목 한 그루는 보내드릴게요. 애석하게도 그대가 좋아했던 달맞이꽃은 모두 시들어버렸어요. 깊은 밤에만 피는 노랗고 변덕스런 꽃. 봉선화처

럼 성급하게 수국처럼 냉정하게 나를 떠난 그대처럼 그 꽃
들은 모두 바람 부는 벌판에 내던져버릴래요.

하지만 그대가 선물한 시집 갈피에 넣어두었던 제비꽃은
내가 가질게요. 아주 오랫동안 보고 또 본 꽃이라 말이 통
할 정도로 친해졌거든요. 버릴 수 없는 내 일부분이 되어버
렸거든요.

나는 이제 꽃들이 발산하는 생명력 없이는 아무것도, 정
말 아무것도 그립지가 않아요. 꽃잎 하나하나가 내게 상처
를 주어도 그 상처 위에 오래 앉아 있으면 꽃잎 하나하나가
다시 나를 치료해줘요.

그러니 잘 가요, 내 사랑. 내 사랑이 앞으로도 계속 제비꽃
에 빠져 있을지, 패랭이꽃에 가 머물지, 아카시아꽃처럼 비
밀스런 사랑을 탐할지, 아몬드 꽃처럼 무분별한 사랑에 빠
질지…… 그건 아무도 몰라요. 나도 몰라요.

그렇지만 꽃들은 많은 걸 잊게 해주고 또한 많은 걸 떠
올리게 해주고 두려움 없이 즐겁게 많은 걸 기다리게 해줘
요. 사랑하는 만큼 빠지게 하고, 더 많이 보이고, 볼 수 있
게 해줘요. 피딕파낙 상상력이 뒤쫓아다니는 어린아이의 발
자국처럼!

## 위태로운 사랑의 체위

우대식(시인)

## 프롤로그—아하 그렇지

　김상미 시인은 대개의 남자 시인들에게 누나로 불린다. 아마 늙어 꼬부랑 할머니가 되어서도 누나로 남을 것이다. 얼마 전 천주교에 입교했다는 소식을 듣고 나는 왜 안도했을까. 나 스스로도 정확히 모르겠다. 아마 일상의 눈으로 보았을 때 그녀가 오랫동안 균형 잃은 위태로움을 안고 살아왔다고 생각했던 탓일 것이다. 그것은 내가 속물의 눈을 가졌다는 뜻이기도 하다. 어쨌든 내가 칠십 가까운 나이를 먹었을 때 하염없이 꽃잎이 쏟아지는 어느 성당의 정원에서 상미 누나와 커피를 한잔 마실 수 있기를 바랄 뿐이다. 지워진 욕망에 대해 혹 조금은 쓸쓸했던 인생에 대해 고조곤히 이야기를 나눌 수 있기를.

　이번 시집은 사랑과 예술 그리고 부재가 혼연된, 열망과 좌절의 흔적이었다. 그녀의 시는 액체성의 덩어리로 끝없이 흔들리면서도 강력한 복원력을 가지고 제자리로 돌아오는 물성을 지니고 있었다. 나는 조용필의 노래를 들으며 시를 읽었다. 그러다가 어떤 부분에서 이것이 상미 누나의 시인지 조용필의 노래인지 헷갈릴 때도 있었다. 그럴 즈음 걸려온 상미 누나의 전화.

　"시는 쉽다. 뭐 굳이 해설할 필요 있나. 그냥 우리 이야기나 쓰면 안 되겠나."

"예, 제 맘대로 쓸게요."
"그래, 그러면 안 되겠나."

　나는 말을 할까 하다가 말았다. 몇 개의 이야기를 조용필의 노래 제목으로 시작하겠다고. 「오렌지」를 읽다가 "삶이란 언제나 아무것도 남지 않게 될 때에도/ 남아 있는 법"이라는 시구절을 만났을 때 나는 조용필의 노래로 화답했다. '아하 그렇지'. "우리는 누구와도 우리의 삶 흥정하지 않았다"(「폭풍 속으로」)를 읽으면서도 '아하 그렇지'로 화답했다. 진중한 아카데미즘이 놓일 자리에 대중가요를 들이댄 이 비루함을 용서하시라. 그러나 하나 더 화답해야겠다. "밥은 삶의 성기다"(「밥의 힘」). '아하 그렇지'.


## 단발머리

　김상미 시인을 누나라 부르는 이유는 그녀의 중심에 아직 한 소녀가 남아 있기 때문이다. 갸륵한 손길로 어린 동생을 보듬는 그러나 아직 소녀인 채로 까르륵대는 순진무구의 위태로움. 그 위태로움은 무언가 타이르고 싶은 욕망을 불러일으킨다. 아무 남자나 만나지 말고 세상에 나가 손해 보지 밀려 술이나 담배 같은 것은 멀리하라는 등의 윤리적 가르침을 던져주고 싶은 속물적 욕망.

기차가 지나가네요, 내 애인은 철로변 집에 살아요, 에드
워드 호퍼가 그린 집과 똑같은 집, 그 집에서 살아요, 우리
는 기차가 지나갈 때마다 사랑을 나누어요, 기차 바퀴 소리
에 놀라 들썩이는 야생 민들레 꽃밭 사이로 날아다니는 자
디잔 흰구름은 정말 황홀해요, 나는 황홀한 게 좋아요, 황홀
할 땐 어떤 나쁜 생각도 깃들지 못하거든요, 심장이 터질 것
같은 민들레 씨의 아름다움은 내 애인만큼이나 정말 착해요,
　　　　　　　　　　　　　　　　　　　—「철로변 집」 부분


　이 소녀적 상상력은 금기로서의 경계를 들락거린다. 그것
은 보편의 시각에서 보자면 위험하다는 것을 뜻한다. 가령
황홀한 것이 주는 위험에 대해 잔소리를 늘어놓고 싶은 욕
망이 스멀스멀 피어난다. 그러나 이미 소녀는 자신만의 답
을 마련해놓고 있다. "황홀할 땐 어떤 나쁜 생각도 깃들지
못하거든요"라고 소녀가 말했을 때 소녀를 가르칠 사람은
세계에 존재하지 않는다. 애인은 이미 소녀에게는 세계 그
자체인 까닭에 무엇을 타이르거나 가르칠 수 있는 존재가
아니다. 그것은 소녀적 감수성으로 세계를 순식간에 동일화
한다는 것을 뜻한다. 현재의 소녀는 과거의 상처받은 소녀
의 상과 겹쳐 있다.

　내 머릿속 수족관에 엔젤피시 한 마리 살고 있어요

엔젤피시는 내 소녀 때 이름

물결치는 분홍 줄무늬가 너무나 예뻐
어느 날 생물 선생님이 한입에 꿀컥 삼켜버려
죽어버린 소녀

남몰래 울다 미술 시간에 발견한 뭉크의 〈사춘기〉
엔젤피시를 닮은 너무나도 작고 창백한 소녀
나는 얼른 그 소녀를 내 머릿속 수족관에 넣어버렸지요

괜찮아, 괜찮아, 무서워하지 마
이젠 내가 너를 지켜줄게

—「엔젤피시」 부분


이 시를 문면 그대로 읽으면 어린 날의 단발머리 소녀는
죽어버렸다. 물론 죽었다는 말은 소녀성의 상실과 같은 의
미일 터. 누구에겐가 꿈과 사랑을 주는 존재로서 엔젤피시
가 죽었다는 자기 확인은 고통스러운 것이며 그 이후 그녀
는 엔젤피시의 보호자 또는 대리인으로서 소녀의 삶을 살고
있는 것이다. "꿈꾸는 어른"(「엔젤피시」)이라는 시구절은
어쩌면 현재의 김상미 시인을 규정히는 가장 적절한 표현일
지도 모른다. 꽃다발을 전해주던 그 소녀는 어디로 갔을까.
그 소녀 데려간 세월이 미워라.


115

## 꿈―화려한 도시를 그리며 찾아왔네

상미 누나의 고향은 부산이다. 고등학교 시절 수업을 땡 땡이치고 해운대 바닷가에서 한나절을 보내는 날들이 꽤 많 았다고 한다. 상미 누나 덕에 부산에 여러 번 다녀왔고 그 녀의 부산 집에 가기도 했고 밤새 상갓집을 찾아갔던 기억 도 있다. 오히려 이십여 년 동안 서울의 집이 삼청동 어디라 는 것만 듣고 서대문 쪽으로 이사를 갔다는 이야기만 들었 지 집에 가본 적은 한 번도 없었다. 도시의 삶이란 이렇다. 잘 알고 있는 듯하지만 아무것도 모르고 살아가는 군상이 도시에 산다. 「시각의 문제」라는 시에서 김상미 시인은 "이 거리가 아프다/ 정말 아프다"라고 고백하고 있다. 왜 이 거 리를 아프다고 할까?

미쳐서 환장한 갱스터 한 명 없고
사랑에 실오라기 하나 없이 덤벼드는
눈먼 방탕 하나 없는

가증스런 연명(延命)만이 판을 치는
야비한 이 거리
　　　　　　　　　　　―「시각의 문제」 부분

"가증스런 연명(延命)", 우리가 살아가는 여기에서의 삶이란 비루하게 목숨을 이어가는 일에 가깝다. 절대 투신이란 눈 씻고 찾아보아도 없는 이 공간에서의 삶이란 지루한 일상의 연속일 뿐이다. 그러나 대타적(代他的) 공간으로서 그 무엇이 존재하는 것도 아니라는 점이 김상미 시인의 시가 지닌 비극성의 바탕이 된다. 떠나온 고향 혹은 바다와 같은 곳으로 근원 회귀의 욕망이 뚜렷이 나타난다면 고개를 끄덕이겠지만 사정은 그렇지 않다. "거울에 비친 나는 마치 미친 오토바이를 몰고/ 금방 어디론가로 떠나갈 사람처럼 보였다.// 그러나 나는 어디로도 가지 않았으며/ 아무데도 갈 곳이 없었다"(「전광석화」)는 고백을 들여다보면 이제 이 세계에 유토피아는 존재하지 않는 것처럼 보인다. 그것은 공간으로서 지향하는 바가 없다는 것을 의미한다. 결국은 모든 감각의 촉수는 내면을 향해 움직인다. "낡고 허름하고 오래된 집"에 살면서 그녀는 생각한다. "어떻게 생각하느냐가 어떻게 보느냐를 결정"(「살아 있는 집」)한다는 당연한 것 같으면서도 도달하기 어려운 생각의 꽃잎을 피워내는 것이다. 낡고 허름한 집이 생생히 살아 있는 집이 되는 이유도 세계를 바라보는 그녀의 시선에서 비롯된다. 그러니 벤츠를 타고 돈을 쓰며 소개팅을 주선하는 선배와 여성 시인을 자신의 여성 명부에 넣고 싶어하는 이 도시의 남성을(「지나친 배려」) 바라보는 시인의 시선은 거의 비웃음에 가까운 것이다. 이 도시 사람들과는 전혀 다른 눈으로 이 세계를 바라본다는 사실은 자각된 자아로서는 희열에 가까운 일이나 일상의 시각에서는 또다른 위태로움을 잉태하는 일이다.

    나는 벌거벗은 도시에 산다
    잠들 때도 혼자
    깨어날 때도 혼자다

    나는 혼자서 오리엔테이션을 하고
    오리엔테이션을 받는다

    혼자를 둘로 쪼개고
    둘을 넷으로 쪼개고
    넷을 여덟으로 쪼개고……
                          ―「벌거벗은 도시」 부분


    단독자로서의 견딤이 이 세계를 살아가는 유일의 방법이라
는 사실을 뼈저리게 인지한 시인은 자신만의 도시를 건설한
다. 스스로가 그 세계의 신민이 되어 "혼자서 집을 짓고/ 운
하를 만들고 교회를 세우고/ 마구간을 짓고 식품점을" 열고
혼자 노래 부르고 혼자 듣는 커다란 성채를 만든 것이다. 조
용필이 "저기 저 별은 나의 마음 알까/ 나의 꿈을 알까/ 괴로
울 땐 슬픈 노래를 부른다"(조용필, 〈꿈〉)라고 읊조릴 때 상
미 누나와 함께 도시의 누추한 술집에서 그 밤 마지막 잔을
나누던 때도 있었을까. "모래알들을 모아/ 다시 집을 짓고"

부르는 노래는 조금씩 흔들리면서 지워져간다. 그때 그녀가
소리친다. "이 도시가 너무나 슬프고 아파"(이상 「벌거벗은
도시」). 암전(暗轉).

## 바람이 전하는 말―쓸쓸한 너의 저녁 아름다울까

김상미 시인에게 사랑이란 복잡한 정념의 실체이다. 사랑
의 대상은 단순한 남성성을 넘어 보다 자아에게 근접된 세
계의 실체로 구현된다. 단지 사랑의 실현과 이별이 남성성
을 매개로 하고 있음은 부인할 길 없다. 사랑에 대해 김상
미 시인은 경구 같은 말들을 툭 내뱉는다. "사랑에는 더 높
고 더 낮은 자리가 없다"고 말했을 때 그녀가 느낀 감정의
층위는 보다 숭고한 이념의 냄새를 풍긴다. 그러나 "사랑을
사랑할 줄밖에 몰랐던 찢어진 내 가슴에/ 너희들의 이름이
새겨진 비늘을 입혀다오"라고 노래했을 때 붉게 충혈된 정
열의 핏자국을 만나게 되는 것이다. 그녀의 사랑은 "광야에
서 소리치는 사람처럼 외로웠던 내 사랑아"(이상 「바다로
간 내 애인들」)와 같은 절규가 되어 메아리친다. 그 메아리
의 잔향은 어쩌면 우리 귀에 들리지 않을 뿐이지만 영원히
사라지지 않고 우리 주변을 맴돌지도 모른다. 그녀의 사랑
은 왜 실패했던 것일까?

모든 사랑의 체위는 인간이 지닌 가장 고귀한 감각이다.

그걸 알면서도

사랑을 나눌 때

나는 한 번도 내가 좋아하는 체위를 요구하지 않았다.

말없이 상대가 원하는 대로 따라가기만 했다.


그게 내 사랑의 비극이고

내 사랑이 실패한 이유였다.

—「기하학적 실수」 부분


사랑을 하면서 "인간이 지닌 가장 고귀한 감각"인 체위
를 요구하지 않는다는 것은 상대에 대한 배려일 터이지만,
그 배려는 결국 사랑을 비극으로, 끝내 실패로 만드는 원인
이 된다. "사랑의 체위야말로 그 사람의 유일한 진실"이라
는 고백과 자신은 한 번도 그 체위를 요구해본 적이 없다는
모순된 진술은 자신의 유일한 진실을 상대에게 보여주지 않
았다는 말이다. 그것은 사랑이 실패한 모든 원인을 자신이
짊어질 수밖에 없는 조건을 스스로 만들었다는 것을 의미한
다. 그녀의 사랑은 우리가 일반적으로 생각하는 생의 통과
의례와 같은 것과 참 먼 거리에 놓여 있다. 어쩌면 그녀의 사
랑은 현존하는 실재가 아닐지도 모른다. "우리는 키스를 하
면서도 썩어가고 썩어가고/ 우리는 사랑을 나누면서도 썩어
가고 썩어가고"(「자라지 않는 나무」)에서 보는 것처럼 사랑

을 하면 할수록 사랑은 소멸되어간다. 결국 사랑의 부재에
대한 모든 책임을 스스로에게 부과한다는 것은 김상미 시인
의 윤리 의식 좌표가 어느 지점에 위치하는지 짐작게 하는
바가 있다. "무엇에든 광적으로 집착하는 체질이 못 되거든
요"라고 독백처럼 중얼거렸을 때 그녀의 사랑이란 악착같
은 사랑의 쟁취와는 전혀 다른 지점에서 피고 진다는 사실
을 알 수 있다. 그녀의 사랑은 무엇도 요구하지 않는 쓸쓸한
저녁에 그를 향한 시선, 단지 시선과 같은 것이다.
  "나는 그냥 바람 부는 길가에 앉아 무언가가 다가오기를
기다릴래요"(이상 「명랑 백서」).


## 킬리만자로의 표범─모두를 건다는 건 외로운 거야

  이번 시집을 읽으며 특이하게 떠오른 단상 하나. 번역체
의 역동적인 문장은 어디에서 온 것인가? 그러한 일에 종사
하든가 혹은 외국어 문학을 전공했든가 하는 것과 전혀 무
관한 김상미 시인의 시에서 만나는 독특한 문체. 어떤 때는
토막토막 끊어진 것처럼 느껴지다가도 그 모든 것을 유려
하게 한데 뭉쳐 흘러가는 문체의 힘. 단독자의 독서가 빚어
낸 길들여지지 않은 문체라는 데 생각이 미쳤다. 그러나 그
것만으로는 미진하다. 또다른 하나는 아마 내면의 그물망을
섬세하게 통과시키지 않은 채 거친 발화 상태를 그대로 노

출시키다가 다시 녹여내는 방법론 때문이라는 생각을 가지게 되었다. 거친 발화 속의 진실, 자기 검열, 날카로운 눈빛, 그러나 그것들은 어둠 속에 감추어진 것이어서 쉽게 모습을 드러내지 않는다. 이 시집에 등장하는 예술가들 가령 샤임 수틴, 에곤 실레, 피카소 등의 일생을 통해 김상미 시인은 숨가쁜 자신의 내면을 드러내고 있다. "친구라곤 오로지 피범벅이 되어 쓰러지는 권투장의 아우성과 고함소리뿐"(「황홀한 침범」)이라고 샤임 수틴의 초상을 그렸듯이 그 치열성은 고스란히 그녀의 문장으로 옮겨온다. "비 오고 바람 불고 폭풍우 치는 이런 시대"(「폭풍 속으로」)를 김상미 시인은 두려워하지 않는다. 자신의 광포한 내면을 감춤 없이 전면에 내세우며 세계와 대결한다.

나는 그를 색칠했다
굽힐 줄 모르는 순백의 혈통
작렬하듯 단숨에 내 영혼 휘저어놓고
우아하게 흰 목털을 곤두세우며 웃는
거대한 야성!

이제는 지구 위에서 영원히 사라진
하얀 늑대 한 마리
—「하얀 늑대」 부분

하얀 늑대는 기실 그녀의 상상이 빚어낸 상징물로 "홀로 포효하는/ 불굴의 전사"가 되어 이 세계와 이 도시의 저열함에 대해 한 치의 물러남 없이 싸우는 존재로 형상화되어 있다. "나보다 더 불행하게 살다간 고흐라는 사나이도 있"다고 조용필은 노래할 때 "하루에 커피 스물여덟 잔을 마시며 배고픔과 열정을 달랬던 고흐처럼/ 나는 내 길을 가"겠다고 김상미 시인은 선언하고 있다. 고흐를 위시해서 김상미 시인이 시를 통해 숭앙한 예술가들은 모두 고독의 냄새가 난다. 자신의 생을 송두리째 건 자들은 외롭다. 그들은 아무도 없는 산정을 어슬렁대다가 산 아래 마을을 내려다본다. 저 마을에서는 사람들이 함께 모여 밥을 먹고 술을 나눌 때 산정에 앉아 앞발에 머리를 가만히 얹은 포유류. 그러다 조용히 노래한다. "나는 내 길을 가리"(이상 「어젯밤 도착한 보고서」).


**그대들이 본 것이 무엇인가를—보들레르는 말했지. 그렇다. 먼 곳은 어디든 아름답다.**

19분 55초 동안 조용필이 부르는 노래. 철학적인 질문과 이방으로의 여행 그리고 인간의 운명. 이십여 년 전 우리는 몇몇 사람들과 함께 우도 앞바다에 서 있었다. 우도를 걸으며 생각했다. 연암 그리고 울 만한 곳. 우도의 비스듬한 언덕 저쪽에서 김상미 시인이 걸어오던 장면을 잊을 수 없다.
천천히 걸었지만 멈추지 않고 그대로 바다의 낭떠러지로 향
하는 듯 보였다. 나는 농반진반으로 말했다. 누나 그 길로
계속 가면 우도의 바다가 될지도 몰라요. 과거의 추억이 한
편의 시로 인화되어 나오는 때가 있다.

  지구가 끝나는 곳이 두 눈에 보이고

  그곳으로 곧장 걷고 또 걸어가기만 하면

  그 끝에 가닿을 수 있는

  그래서 다시는 처음으로 되돌아갈 수가 없는

  뛰어내리기만 하면

  몇 시간이고 몇 날이고

                                  —「때로는」 부분


  윤회와도 같은 시간으로부터의 탈출, 그러다가 한 점이
되고 그마저도 사라지는 아득함. 그녀는 지금도 우도의 언
덕을 걷고 있는지도 모른다. 어쩌면 절애고도(絕崖孤島) 앞
에 다다라 다시 여행을 준비하는지도 모른다. 이미 뻔한 길

을 가는 것은 여행이 아니라는 사실을 그녀는 너무도 잘 알
고 있다. 미쳐야만 그 여행이 가능하다는 사실도 잘 알고 있
다. "비 오고 바람 불고 폭풍우 치는 이런 시대,/ 너무 멀리
나간다는 건 미친 짓이지만/ 우리는 노란 해바라기, 불타는
태양/ 달리는 기차처럼 변화를 향해 나아갔다/ 심장을 찌르
는 노래,/ 그 노래를 움직일 거대한 폭풍 속으로!"(「폭풍 속
으로」). 강렬한 의식의 촉수는 거침없이 낯선 세계로 뻗어간
다. 조용필이 19분 55초 동안 '그대들이 본 것이 무엇인가를'
물을 때 김상미 시인은 더 먼 곳으로 아무것도 보증되지 않
은 세계로 달려가겠다고 답하고 있다. 그리고 스스로에게 속
삭인다. 너무 두려워할 필요 없어. 모든 것은 사라져 무(無)
가 되지. 무한(無限)이 되지. 그녀가 천주교에 입교했다는 소
식을 들었을 때 또다른 여행을 하는 것이라는 생각이 들었
다. 나는 은(銀)으로 된 수반에 손을 닦고 오래오래 마음의
배웅을 했던 것이다.


**에필로그, 눈물의 파티—사람들은 즐거워만 하는데, 나
나나나나 루루**

　나는 돌멩이
　여전히 나는 슬픈 돌멩이
　그러니 잘 가라, 내 애인들이여,

그동안 정말, 너무나도 고마웠다!
—「돌멩이」 1, 8행, 「바다로 간 내 애인들」
마지막 두 행 재구


마지막에 와서 조용필과 결별한다. 사랑은 아직도 끝나지 않았다고 아무리 절규해도 사랑은 오래전에 끝났다. 루카치의 방식으로 말한다. 그리고 여행은 시작되었다.

**김상미** 1957년 부산에서 태어났다. 1990년 『작가세계』를 통해 등단했다. 시집으로 『모자는 인간을 만든다』 『검은, 소나기떼』 『잡히지 않는 나비』가 있다. 2003년 박인환문학상을 수상했다.

문학동네시인선 092
우린 아무 관계도 아니에요
ⓒ 김상미 2017

1판 1쇄 2017년 4월 28일
1판 7쇄 2023년 10월 12일

지은이 | 김상미
책임편집 | 김민정
편집 | 김필균 도한나
디자인 | 수류산방(樹流山房) 본문 디자인 | 유현아
저작권 | 박지영 형소진 최은진 서연주 오서영
마케팅 | 정민호 서지화 한민아 이민경 안남영 왕지경 황승현 김혜원 김하연
브랜딩 | 함유지 함근아 박민재 김희숙 고보미 정승민 배진성
제작 | 강신은 김동욱 이순호
제작처 | 영신사

펴낸곳 | (주)문학동네
펴낸이 | 김소영
출판등록 | 1993년 10월 22일 제2003-000045호
주소 | 10881 경기도 파주시 회동길 210
전자우편 | editor@munhak.com
대표전화 | 031) 955-8888 팩스 | 031) 955-8855
문의전화 | 031) 955-3576(마케팅), 031) 955-2678(편집)
문학동네카페 | http://cafe.naver.com/mhdn
인스타그램 | @munhakdongne 트위터 | @munhakdongne
북클럽문학동네 | http://bookclubmunhak.com

ISBN 978-89-546-4523-2 03810

**문학동네**